U0022733

封印

藍．卷

力量之火

暴走邊緣——著

目次

序幕

解封

下弦月，在靉靆的雲霧裡若隱若現，淡淡的冷光流灑在女子身上，她正藉著倩影穿梭在林木之間。光禿禿的枝椏迎著凜冽的寒風瑟瑟發抖，落葉舖展成黃褐色的地毯，密密匝匝，層層疊疊，並在女子的踐踏下發出清脆的碎裂聲，聲音在靜謐的夜裡尤其響亮。

女子的名字叫呂若雯，三十歲有餘，可是外表看起來比較年輕，完全不像一個六歲孩子的母親。披垂在肩上的鬈曲秀髮曾經烏黑亮麗，但自從在不久前經歷了喪夫之痛後，逾恆的哀慟紛紛在她的鬢髮糾結銀絲，不過儘管如此，那一雙杏眼和櫻唇仍舊能攝人心神。

呂若雯忽然停步環視四周，感慨大自然在這個擁擠的城市還有方寸立足之地，不禁期待白天鳥語花香的光景，可惜現下這裡卻只有陰森的氛圍，似乎在每一道陰影裡，皆埋伏著魑魅魍魎。她為傳說中的妖怪打了個寒噤，煞有介事地抓緊毛衣，方繼續前進。

呂若雯撥開冉冉氣根來到一處豁然開闊地，一幢荒廢的別墅矗立在她的面前，在晦冥的夜色下，活像一頭蟄伏的巨獸。別墅三層高，屋頂已然坍塌，僅剩模糊的輪廓，斷壁殘垣給人一種搖搖欲墜的感覺，房簷傾圮水泥剝落，朽壞的大門斜倚在梃子上，徒負守護的虛名。

呂若雯踏上坼裂的台階，側身跨過門檻走進別墅，她納悶為何鑰匙人要把會晤安排在這種人跡罕至的地方，甚至以獨特的方式來通知她時間和地點，那是她與師兄妹之間的小把戲，把信息拆散後攙雜在篇幅冗長的累贅文章裡，再上載到互聯網某個關於哲學的論壇上。當然，呂若雯毫不懷疑，鑰匙人是透過某人得悉這個伎倆的，某個曾經跟她情同兄妹，後來又鬧得水火不容的人。

別墅裡漆黑一團，幽深闃寂的大廳，能夠激發人即席創作出駭人聽聞的故事，彷彿連自己腳步都變成詭異的跫音。呂若雯佇立了一會兒，等待眼睛適應昏暗的環境，一根簇新的蠟燭橫陳在殘缺的家具上顯得有點格格不入，不過除此之外，再沒發現任何特別的地方。呂若雯拿起蠟燭，為它找了一個立足的位置，接著以拇指及食指捻弄燭蕊，當手指緩緩鬆開，蠟燭隨即燃燒起來，惟焰火的顏色竟是純粹的藍，乍看有如閃爍墳塚的鬼燐。

小小藍焰異常光亮，卻把世界染成了憂鬱的色調，破碎的磚瓦安分地融和在藍色的基調裡，只有通往二樓的樓梯發出頑固的嘎吱聲，一個模糊的身影從樓梯上徐徐而下。

「你來了。」

呂若雯聽到一把熟悉的聲音，不由得皺起眉頭說：「楊庚戎！怎麼是你？」

「我怕有人意氣用事，只好出此下策。」男子拖著緩慢的步伐走到呂若雯面前，透過焰火的光芒，呂若雯看見一副似曾相識的臉孔，倨傲的表情猶在，但那病厭厭的倦容與瘦骨嶙峋的模樣，卻跟她記憶中的人物相去甚遠，便是有人告訴她，眼前這個人剛剛從墳墓裡爬出來，她還真會半信半疑，畢竟襤褸的衣衫增添了不少說服力。

被稱為楊庚戎的男子雙手環抱著一個小皮包，皮包只有糖果禮盒般大小，外觀平平無奇，可是男子小心翼翼將它緊貼胸前，唯恐有人要搶走它的樣子。

「我曉得自己夠難看了，因此收起你那副驚訝的表情！」男子空出右手在呂若雯的面前用力一揮，她趕緊合上嘴巴，復又開口說：「還以為你對我恨之入骨，決意跟我老死不相往來。」

楊庚戎看著呂若雯，眼睛瞇成一線道：「你誤會了，我從不討厭你，只是為你感到惋惜而已。」

「惋惜什麼？」

楊庚戎輕輕歎喟：「你擁有非凡的天賦，說是得天獨厚也不為過，可惜沒有好好珍惜。」

「我不是跟你們一樣背誦咒語，鑽研魔法嗎？你憑什麼信口雌黃？」呂若雯憤憤不平的回嘴說。

「難道你纖巧的指頭不是為了操持家務而變得粗糙？手中焰火沒有在平庸的生活下變得暗淡無光？事實上，你辜負了我們的期盼，把自己最好的年華浪費在一個男人身上。」

「他是我的丈夫！」呂若雯叱喝。

「這不正是問題的癥結嗎？你不單選擇了婚姻，對象甚至是一個看不見焰火的普通人。」

「遇上他是我上輩子修來的福分！不是每個男人都心甘情願去包容一個神經兮兮，時常語無倫次的妻子！」

「我對你們的羅曼史沒有興趣，依我說，遇上他只能算你倒楣，那個男人糟蹋了你。」

「楊庚戎！我一直視你為兄長看待，但若然你膽敢再侮辱我的丈夫，我保證會要你好看！還有，我先生姓韓，不是叫那個男人！」楊庚戎發出似笑非笑的聲音，呂若雯無視他的嘲弄道：「鑰匙人知道你冒充他來聯絡我嗎？」

「鑰匙人與世長辭了。」楊庚戎直言無諱。

「什麼？」呂若雯眨眨眼，懷疑自己聽錯了。

「他死了。」楊庚戎重申。

「怎麼可能！別說焰火保佑我們遠離疾病，何況他正值壯年？」呂若雯依然覺得難以置信。

「一場始料未及的意外，不過在我告訴你來龍去脈之前，最好先確認回程的路徑。」楊庚戎指著身後自己方才走過的樓梯說：「這棟建築物二樓有一扇展開的渡口，等會不管發生什麼事情，你必須通過那一扇渡口離開，惟渡口被另一道咒語隱藏起來，你得花點時間探索。」

「渡口通往那裡？」呂若雯十分疑惑，不明白為何要大費周章去建立一扇隱藏的魔法渡口。

「通往很多地方，一扇接著一扇，幾乎環繞世界各地，最後回到某個你熟識的地方。切記消除穿過的渡口，不可留下任何蛛絲馬跡，這一點至為重要，絕對不能夠馬虎！」

「如此勞師動眾的替我斷後，我要避開什麼人來著？這麼大規模的渡口接龍，想必動員了不少魔法士來完成吧？」

「所有渡口均是我馬不停蹄親手建立的，沒有耗費多少時間。」楊庚戎沒有炫耀的意思。

「這算是哪門子的笑話……」呂若雯曉得楊庚戎不說妄語，可短短期間單憑一己之力締造大量渡口，實在太過匪夷所思，尤其在一個魔法遭封印的紀元。

「我透支了生命，現在苟延殘喘罷了。」楊庚戎淡然地道。

呂若雯張口結舌，還來不及搞清楚是什麼回事，接二連三的噩耗已教她無所適從，然而楊庚戎沒給予她喘息的機會，接著說：「鑰匙人畢生致力於封印之下尋求突破，奈何經年累月，始終苦無成果，直到他在古舊的典籍裡找到一個毀譽參半的名字——白天麟。」

「魅惑一族最後一任正統的鑰匙人。」呂若雯強自鎮定接口道。

「據說，當原罪誕生，死亡之火肆虐大地，致使生靈塗炭，白天麟不忍坐視率先挺身而出。魅惑一族堅稱他光明磊落，救贖一族指責他居心叵測。不過眾所周知，最終平定局勢是我們力量一族的鑰匙人藍龍，反觀白天麟則從此下落不明。」

「稗官野史裡的傳奇人物事蹟，或多或少有誇張之嫌，連原罪是否存在亦充滿爭議。再說，千載軼聞跟尋求突破有啥關係？」

「鑰匙人在後續的文獻找到白天麟的蹤跡，雖然僅是片言隻字。按照當其時的描述，背叛之人飄忽不定，出沒無常，一手執著赤焰一手握住玄火，在老紅樹下呼喊逝者的名字。」

「你們推斷背叛之人所指的就是白天麟？」呂若雯順藤摸瓜猜到部分情節。

「正是，若然屬實，他便是歷來首位破格召喚出兩種不同屬性焰火的魔法士，名副其實的曠古一人。」

「傳說而已！」呂若雯拔高嗓門說。

「傳說有可能附會史實，不一定憑空杜撰，因此鑰匙人毅然進入魔域，嘗試親自找出答案。」

「封印之地……」呂若雯以幾近耳語的聲音呢喃。

「有人大膽假設，認為封印之地是全然由魔法構建的嶄新維度。」

「也有人確信魔域是平行宇宙之間一個扭曲的時空。無論如何，你不該讓鑰匙人打開通往禁忌的渡口。」

「為什麼？尋求突破，自當擺脫舊有的陳規。」

「你沒有規勸他之餘，反倒摻和去推波助瀾？」呂若雯大感錯愕。

「不成魔法士的使命是邂逅終身伴侶，組織幸福美滿家庭嗎？」楊庚戎反唇相譏。

「瘋子！你們跟手執紅焰的傢伙沒有兩樣，只有他們會幹出這種荒唐事。」呂若雯白瞪著眼說。

「我不需要你的認同，況且事情本身並無不妥，不過從封印之地帶走亡者之書顯然是個錯誤的決定。」

「你說什麼！」呂若雯臉色煞白，驚惶退步。

「我說死亡之火的封印解除了。」楊庚戎斬釘截鐵道。

「趕緊打開渡口歸還亡者之書啊！我們可沒功夫在這兒磨蹭！」呂若雯聽

到自己口齒不清，覺得腦袋變成了一團糨糊。

「你是沒有聽懂我的說話嗎？還是已經忘掉魔法的基本知識了？封印之地豈是我們任意出入的地方？縱使勾勒符文，那扇渡口也只為力量一族的鑰匙人開啟。」

「慢著！咱們的魔法書也一併帶走了？」呂若雯立刻聯想到一個關鍵的問題，她屏息凝氣，心裡期求事態還沒發展至不可挽回的地步。

楊庚戎用沉默代替回答。

呂若雯怫然作色，破口大罵：「天殺的！你們究竟捅了一個怎麼樣的婁子？」

楊庚戎本打算回吼，礙於劇烈的咳嗽而沒有成功，呂若雯擔憂他的狀況比外表看起來更加不妙，卻賭氣裝出一副冷漠的表情。好一會兒後，楊庚戎總算調勻呼吸說：「我們無意解除封印，這不過是一連串巧合的因果使然，當鑰匙人翻開亡者之書念誦咒語的剎那，我們便注定落入萬劫不復。」

「你們貿然闖入魔域，輕率的打破重重禁忌，莽撞地解除了死亡之火的封印，竟涎皮賴臉辯稱因緣巧合？」呂若雯有一股想要尖叫的衝動。

「木已成舟，此等爭論毫無意義，你要是肯安靜下來，我自會說明箇中原由。」呂若雯憋著頂撞的髒話，楊庾戎繼續道：「所謂魔域，又名封印之地，即是封印魔法的牢籠，兩部魔法書在結界之內互相制約，從而達成封印的效果。鑰匙人在魔域裡找到亡者之書，當下準備實驗以我們象徵力量的藍焰來施展黑魔法之可能性，偏偏最後一刻他猶豫起來。」

「為什麼？」

「一來我們對魔域所知不多，二來結界中充斥著龐大的魔法能流，彷彿在等待引燃的火苗，加上種種原因導致封印之地不宜久留，我們別無他法，遂冒險帶著魔法書離開。」

「你們不惜一切破壞了封印的平衡，到頭來又得到什麼？」

「我們並非一無所獲，至少瞭解力量之火融合黑魔法，確實能夠迸發出巨大威力，好比原子聚變產生的核子反應……」楊庚戎不覺流露癡狂的神態，轉瞬卻抹下臉道：「可惜凡人無法駕馭這一股毀滅性的力量，縱是手執焰火的魔法士亦然。」

「你們怎會懂得死亡一族的符文？」呂若雯尚有一個疑問。

「我們曾經向魏擎天討教黑魔法，他不厭其煩的詳細解答，甚至予人樂在其中的感覺，今天回想起來，那個傢伙打從一開始就清楚我們的意圖，因此自始至終沒有透露一句完整的咒語，並且處心積慮誘導我們走入陷阱。」

「筱瑜怎麼說？」呂若雯對魏擎天這個名字當然不會陌生，到底是同門師姐的夫婿。

「她消聲匿跡了，是敵是友不得而知。」呂若雯默默估量目前的情勢，楊庚戎又說：「其實起初我們傾向與魅惑一族接觸，無奈手執紅焰的傢伙離經叛道，不按常理行事，為免橫生枝節，只好作罷。」

「死亡一族有沒有什麼動靜？手執黑焰的魔法士必然察覺到自身焰火的變化，不可能無動於衷。」

「我們欲找機會試探死亡一族，適逢十年一度的慶典即將舉行，正好一石二鳥。殊不知受到監視的反而是我們……手執黑焰的傢伙先發制人，暗中擄走幾名長老迫我們交出亡者之書，由於強弱懸殊，我們根本無從招架。」

「你們不會乖乖就範吧？」

「我們不是蠢材，長老們肯定凶多吉少了。數天之後，手執藍焰的魔法士相繼成為追擊的目標，無故失蹤者不計其數。」

呂若雯下意識四處張望，楊庚戎說：「我解決了幾只惱人的蒼蠅，自高自大害他們賠上性命，不過這樣一來，死亡一族便察覺事有蹊蹺，定會派出搜索的人馬。」

「既然如此，我們換個地方再談。」呂若雯坐言起行，楊庚戎卻阻止她說：「我要確保沒有人跟上你，不留後患。」

「你打算幹什麼？」

「沒什麼大不了，讓他們開開眼界罷了。」楊庚戎泛起一個陰冷的笑容，猙獰的神態令人毛骨悚然。

呂若雯有不祥的預感，她開始注意楊庚戎手上的小皮包，半晌後說：「我們怕不是來敘舊吧？」

「我認為在鑰匙人的繼任者出現之前，你是負責保管亡者之書的不二人選。」楊庚戎開門見山說。

呂若雯兩眼發直道：「你才斥責我怠惰懶散虛度光陰！一會子又委以重任？況且論資排輩、比權量力，何時輪到我這個不足輕重的小腳色？」

「不要妄自菲薄，合著你忙於奔喪缺席慶典，死亡一族無法掌握你的行蹤，可算歪打正著。」

「所以你稍稍學會尊重死者了？」呂若雯悻悻然說。

楊庚戎嗤之以鼻：「也許，反正你是我們的最後一著了，我相信你知道接下來該怎麼辦。」

「你倒說的輕鬆啊！我可不是手執紅焰的魔法士會占卜未來！」

「別向魅惑一族求助，我們始終摸不清他們的立場。」

「哈！這下你教我如何是好？攜幼遁世隱居山林？抑或閉門家中守株待兔？鎮日捧著亡者之書等候下一任鑰匙人來敲門？搞不好他還沒有誕生呢！」

「沒準是個不錯的法子，魔法選擇我們，不是嗎？族中只有幾位長老知情，除非他們有鑰匙人的消息，否則不會主動跟你聯絡。為了安全起見，你務必低調行事，儘量避人耳目。」

「要不要改名換姓整型易容？」呂若雯語帶譏誚說。

「我明白你好生氣，我們打開了潘朵拉箱，卻要你來承擔後果，委實說不過去。」楊庚戎表示歉意。

呂若雯不料倔強的楊庚戎竟低聲下氣致歉，一時間無所適從，於是她放下佯裝的敵意說：「師兄，我們一起離開，兩人從長計議好嗎？保不定可以找到重新封印魔法書的門兒，便是透支了生命……」呂若雯說不下去，就連她自己也覺得談何容易。

楊庚戎凝視著呂若雯，良久方說：「我們自作孽不可活，與人無尤。然而我不得不提醒你，事情耽擱越久，死亡一族越發強大，屆時……」楊庚戎話未說完，神色一轉道：「說到曹操，曹操就到。」

楊庚戎將小皮包塞進呂若雯的懷裡說：「我在亡者之書上施展了一道屏蔽的咒語，算是權宜之計，但手執黑焰的魔法士接觸到魔法書後，咒語自會解除。」

呂若雯七葷八素的接過小皮包，木雕泥塑般呆立原地。「不要拖拖拉拉！你手裡掌握著整個族群的命運。」楊庚戎使勁把呂若雯推向樓梯，並說：「你的動作要俐落些，情況或一發不可收拾。」呂若雯連跌帶爬登上二樓，回頭找不著楊庚戎的蹤影，這時下方傳來雜沓的人聲。

呂若雯摸黑前進，她閉目憑本能探索，其間不斷調整方向，直至感應到一股魔法的暗流。呂若雯睜開眼睛，一團藍色的焰火在不遠處懸虛乍現，須臾延伸成一扇門扉大小的橢圓形，正是楊庚戎建立的隱藏渡口。她快步走過去，冷不防腳下一陣猛烈的搖晃，地面發出撕裂的巨響，呂若雯機警踅轉後躍，剛好逃離下陷的範圍，一道至少闊十餘尺的缺口赫然橫亙在她與渡口之間，墜落的石塊揚起了滾滾塵沙。

呂若雯從缺口瞥見樓下鬼影幢幢，幾個黑影迅速繞到樓梯的位置簇擁上來，危急之際，忽聞楊庚戎暴喝一聲，樓梯應聲垮下。「我來擋住他們，你趕快離開！」

呂若雯壓根兒不曉得楊庚戎在哪裡，她無暇細想，三兩步跑到缺口的邊緣朝渡口縱身一躍，騰空的剎那，一枚黑色的火球擦肩而過，眼看要來不及了，時間如同停頓的句讀沉滯不前，世界彷彿凝結起來。電光石火間，呂若雯瞧見楊庚戎站在樓梯的殘骸上，藍黑色之焰火突然從他的身上爆發。

「不！」呂若雯驚呼，往事一幕幕掠上心頭。三師兄妹素來骨肉情深，如膠似漆形影不離，畢竟有魔法做為羈絆，一門三傑經常為人津津樂道，直到她和筱瑜雙雙穿上嫁衣裳……

時間再次流動，一下子釋放出爆炸的壓力，衝擊波將呂若雯拋向渡口。

晨光熹微，拂曉來臨，呂若雯穿過渡口來到一條小巷子，地少人多的繁華鬧市，連公寓都只能往高空發展，靴子上的泥濘在這裡格外顯眼，充滿了諷刺的味道。

呂若雯精疲力竭的步出升降機，走廊隱約迴盪著小孩的啼叫，馬上觸動了她的神經。呂若雯急巴巴飛奔至寓所門前，腦海浮現各種可怕的念頭，她手忙腳亂的掏出鑰匙，沒揣遲遲對不上管孔，登時五內如焚。

呂若雯憤然扔下鑰匙及小皮包，一手按門一面想像咒語的排序，藍色的焰火頃刻從她的掌心噴吐，旋即吞噬了緊閉的門扉。呂若雯直接穿過熾盛的藍焰，木門在她的身後化成飛灰。

呂若雯循聲衝入自己的房間，看見兒子安然無恙，當場雙膝一軟跪下。小男孩正對著無人的床鋪號啕大哭，一轉身發覺母親就在眼前，反倒有點不知所措，呂若雯一把摟著兒子，百感交集，五味俱全。

*　*　*　*　*

男子蹲下來拾起一撮焦黑的泥土檢視，周遭瘡痍滿目，一片劫後餘燼死氣沉沉。

「威力多大？有沒有波及森林的外圍？」男子問道。

「沒有，然則相差不遠了。」一名畢恭畢敬守候在旁邊的男子說。

「好一個楊庚戎，竟然來個玉石俱焚。」男子撒下全無生命氣息的泥土站起來說：「別讓手執藍焰的傢伙恢復元氣，一定要找出亡者之書的下落，不能功虧一簣。」

兩人穿過一扇黑色的渡口離開。

第一章

韓若林與范寶仁

斜暉傾瀉，習習和風撩撥輕薄的窗紗，晃晃悠悠的影子搗得人心煩意亂。書桌上，關於魔法的筆記和典籍七零八落，一個桃木茶盤始終佔據著不容冒犯的一隅。長方體的茶盤看起來像個小箱篋，表面由細長的木條交織而成，溢滿的茶汁能夠透過縫隙流入底層，可是茶盤上並沒有放置任何茶具，別具匠心的設計，彷彿隱藏了茶滓以外的祕密。

呂若雯坐在書桌前盯著茶盤打愣，古樸的茶盤，是丈夫的遺物。她曾經以為，在可望可見的將來，他會一直待在自己的身邊沏茶，好比湛藍的天空與碧綠的湖海般理所當然。可惜世上沒有永恆不變的事物，包括生命，死神總是以出其不意的姿態猝然而來，一場禽鳥的感冒，一顆哽住喉頭的果仁，甚至一只飛脫的輪胎莫名其妙砸上人行道。黃泉路上沒老少，牘下活生生的在塵世牽腸掛肚。喪葬後，呂若雯不再用茶，本該細味的玉露，在回憶裡漚的釅而苦澀。

呂若雯算算日子，那一個堪稱瘋狂的晚上距今已逾半年，當時的情境依然歷歷在目，尤其楊庚戎形容枯槁的模樣，實在叫人很難忘懷。在楊庚戎交給她的小皮包裡，除了亡者之書及一份聯絡名單外，尚有一些信託基金受益人的證明文件，儘管價值不菲，惟她沒有簽署兌現，畢竟丈夫的遺產已經相當豐裕，根本不愁衣食。

這陣子，呂若雯經常有一股衝動，欲以自身的焰火摧毀亡者之書，幸虧理智遏止她把這個愚蠢的念頭付諸實行。據說魔法書甚至擁有自我保護的意識，倘若執意破壞，後果堪虞。因此強如楊庚戎也只能繞個圈子，在亡者之書上施加一道屏蔽的咒語，僅此而已。

呂若雯其實清楚知道毀滅亡者之書的唯一方法，就是透過相同屬性的焰火來自焚。當然，魔法書是族群的存亡關鍵，是修練的祕笈，是崇拜的圖騰，所以天底下恐怕沒有多少個魔法士願意這麼做。一旦魔法書消失了，象徵的焰火便隨之熄滅，並且永遠消逝，往後只可在歷史裡繼續散發昔日的餘光……

呂若雯攤開手掌，一團藍焰在掌心憑空出現，魔法士稱之為「力量之火」。簡單來說，擁有天賦的人方能夠窺見焰火的光芒，他們可以自行決定是否要進入魔法的國度，不過沒有挑選陣營的權利，亡者玄、智者赤抑或王者靛，冥冥中早有定數。呂若雯看著焰火喃喃地道：「魔法選擇我們。」

兒子的呼喚打斷了呂若雯的思緒，她對著不知何時走進房間的小男孩說：

「若林？怎麼了？」

小男孩沒有回答，逕自爬上母親的大腿，呂若雯細心觀察兒子，發覺他專注的目光一直停留在自己手上。

「若林，你在看什麼？」呂若雯輕聲問道。

「火！」說罷，小孩子已急不可待伸出手要觸摸藍焰，呂若雯非但沒有阻止他，反而鼓動焰火使之更為熾烈，她靜靜的等待著，心頭猶鹿撞不止。

這是一般魔法學徒的入門儀式，魔法士以自身之焰火測試對方的屬性，從而確認師徒的緣分。當小男孩的指尖探進焰火，身子猛然一抖，撲地發出嘰嘎嘎的笑聲，瞳仁擴張成狂亂的狀態，臉上一副如癡似醉的表情，呂若雯曉得，兒子正在經歷初次接觸魔法的狂喜。

「力量一族……」呂若雯總算鬆一口氣，她還真害怕兒子會呱呱大叫起來。

幾乎所有魔法士踏入中年後，均千方百計物色學徒，不過縱使他們肯傾囊相授，難保一定找到合適的人選，最後帶著畢生修煉抱憾而終的比比皆是。因此別說桃李滿門，要是像呂若雯的師傅一樣擁有三位門生，已是古今少有的特殊例子了，誰敢奢望傳承到子嗣身上？

呂若雯熄滅了手上的焰火擁著兒子，感慨萬千。也許在不久之前，她會為了這種不可思議的巧合而雀躍歡騰，無奈彼一時此一時，如今倒希望自己的兒子是個普通人。「至少我們不用百無聊賴的過日子。」呂若雯退一步想。

焰火消失後，小男孩變得興趣缺缺，遂掙扎著離開母親的懷抱，呂若雯則打起精神走到書槅子前東找西找，接著自顧自說：「我是不是該讓你打下基礎？譬如臨摹簡單的符號？」她隨手翻開書本，恰好看見一個鎖子的圖案，心中升起一絲莫名的不安。

哈！這下你教我如何是好？攜幼遁世隱居山林？抑或閉門家中守株待兔？鎮日捧著亡者之書等候下一任鑰匙人來敲門？搞不好他還沒有誕生呢！

呂若雯忙不迭轉身叫住準備走出房間的兒子，小男孩乖乖回到母親的面前。呂若雯想像咒語的排序，在腦海勾勒符文，她要證明自己杞人憂天。可惜事與願違，一個鑰匙形狀的印記旋即出現在兒子的額頭上，圓形的扣環連接著筆直的把柄，尾末是兩根長短不一的鍵齒，通體閃耀著藍色光華。

呂若雯簡直不敢相信自己的眼睛，造化弄人，她的兒子居然是鑰匙人！剎那間，千頭萬緒紛紛湧至，馬上教他吟誦咒文？立刻動身前往封印之地？然而弱小的身軀及稚嫩的心智，真能承受打開渡口的衝擊？再者，除了文獻上輕描淡寫的記載，她對魔域一無所知，如何確保兒子的安危？萬一渡口另一端是魔法打造的太虛幻境，那麼接通現實世界的門道，豈不成為宣洩的途徑？不就等於變相公告自己的行蹤？

呂若雯納悶楊庚戎和鑰匙人是怎麼避過死亡一族的耳目，或許手執黑焰的魔法士故意按兵不動，存心放任兩人幹這引火自焚的勾當，反正事實原委已無從稽考。至於魅惑一族的不聞不問倒不難理解，手執紅焰的傢伙沒個黑家白日忙著跟自己過不去，哪裡有空兼顧其他族群的事情？

「兒啊！怎麼偏生是你……」呂若雯覺得命運這回事，既冷酷又無情。

＊　＊　＊　＊　＊

五個月後，呂若雯端著一團藍色焰火站在操場的正中央，殘紅遍地，儼然點染的朱丹。呂若雯算不清自己總共走訪了多少類似的孤兒收容所，她感到十分可笑，所謂文明時代，這些五光大色的大都會，人們打著博愛的旗幟爭先替育幼院易名，彷彿只消冠上動聽的名字，存在的價值和意義便會徹底改變，於是她從希望之光來到關愛之家，再由慈幼天地走到兒童樂園。

小孩子大多靠在老遠觀望，因為導師吩咐他們不可以搔擾參觀的來賓，除非客人主動詢問自己的姓名。不過話雖如此，真正希望接近呂若雯的小孩其實寥寥無幾，說到底，他們是被世界遺棄的一群，領略過浮華背後的人情冷暖。歧視，是失敗者彰顯自己的方式，因為狹隘的心胸需要踐踏別人的尊嚴來掩飾自己的無知。

由於吸引不到一星半點的目光，呂若雯掐熄了手上的焰火，雖然是慣常的結果，仍難掩失望之情。呂若雯心裡明白，自己無疑是大海撈針，沒什麼好抱怨，只是幾個月來風塵僕僕，害她身心俱疲。呂若雯支開了陪伴她的導師，獨自坐在靠牆的木製長凳上假寐。

秋陽不識進退，隔著眼瞼扎人目，一道影子適時出現，遮擋著光照權充庇蔭。呂若雯睜開眼睛，面前站著兩個十來歲的小男孩，他們的視線不約而同往自己的手裡看。

「你們在找什麼？」呂若雯說。小男孩大吃一驚，像事敗的賊匪轉身要逃，呂若雯趕緊制止他們。「站住！」

男孩子的動作硬生生僵住了，兩人面面相覷，惶惶無措，片刻之後，看來稍微年長的男孩戰戰兢兢回頭說：「對不起，我們無意打攪閣下休息……」

「我沒有責怪你們的意思。」男孩們聽到呂若雯這麼說，如釋重負。「過來，讓我仔細瞧瞧你倆。」呂若雯向他們招手。

男孩並肩而立，二人年紀相若，一個頂著一頭蓬鬆的亂髮，五官的比例似乎不怎麼協調，咧嘴而笑的樣子甚至有點嚇人，另一個顯然比較沉著內斂，端正的長相與溫文儒雅的氣質更是討人喜歡，呂若雯點點頭，好不滿意。

「你們叫什麼名字？今年多大了？」

「司徒晨曦，剛滿十歲。」亂髮男孩率先報上名來。

「范寶仁，十一歲。」

說話間，呂若雯悄悄在手上燃起一團魔法焰火，果不其然，小小藍焰完全攫取了他們的注意力。

「這是什麼鬼？你會變魔術嗎？」司徒晨曦問。

「你們可以替我保守祕密嗎？」呂若雯見兩人齊聲答應，又說：「男子漢說話算話啊！接下來，要不要試試看？」

司徒晨曦二話不說，攘臂捋袖嘗試一把抄起藍色的焰火，誰知翻手之間如遭電擊，淒厲的哀號響徹操場。呂若雯毫不意外，皆因直覺告訴她，這個男孩屬於另一個魔法族群。

范寶仁看著同伴銜著手指用力吸吮，不由得膽怯起來，呂若雯卻以微笑鼓勵他。范寶仁不想令對方掃興，只好硬著頭皮伸手探進焰火，豈料預期的灼痛並未出現，反而有股暖流源源不絕沁入心脾，酣暢的感覺如飲醍醐。

焰火驟然熄滅，范寶仁氣喘如牛，久久無法平伏亢奮的情緒。

經過一番擾攘，導師剛好回來查看呂若雯的情況，她不動聲色，若無其事的對范寶仁說：「我的兒子年紀比你少，你可以當他的兄長，三人一起生活，我會教授你們很多有趣的東西。」范寶仁眼睛一亮，充滿期待的心情溢於言表。

呂若雯辦妥領養手續，帶著范寶仁離開育幼院，臨別依依的男孩屢屢回首，狀甚不捨。呂若雯仰天長歎，痛恨自己齷齪卑劣，可是為了兒子，她甘願揹上自私的罪名。霏霏雨雪翩翩飄落，落在心頭凝結成沉重的霜。

呂若雯甫抵家中便告訴兒子，從今以後，范寶仁就是他的哥哥，韓若林瞪著圓滾滾的眼珠看著這個不速之客。

這時候，韓若林七歲，范寶仁十一歲。

第二章 魔法的歷史

下課鐘聲一響，旋即驅散了教室內的慵懶氣息，學生們的歡笑聲此起彼落，就連錫眼授課的老師亦精神為之一振。韓若林倉促收拾書包，只想盡快逃離這片喧囂。

學校門外，韓若林遍尋不著母親的身影，遂站在一棵粗大的榕樹下耐心等待，同學們紛紛與他揮手道別，惟他一概充耳不聞，只管垂頭審視露出地面的錯節盤根，似要釐清箇中的糾纏關係。

首先摒除雜念，然後想像符文的形狀，接著是咒語的排序，再轉變成焰火的形態，最後默唸出正確的發音……

「自閉兒！有沒有看見我弟弟？」一把聲音擾亂了韓若林的思路，使他異常生氣。韓若林正在複習一個剛剛學會的咒語，迄今仍拿捏不準若干音節，加上前陣子得悉范寶仁已經熟練了好幾個攻擊魔法，叫他好不甘心。

韓若林抬頭看到兩名青年，他認識其中一人，畢竟自閉兒這個諢號便是出自這張口沒遮攔的大嘴巴。小孩子蒙昧無知，不曉得稱謂的侮辱性，於是鸚鵡學舌般跟著喊，久而久之習非成是，竟淪為同學們的笑柄。然而韓若林滿不在乎，毫不介意被貼上怪胎之類的標籤，褒貶與奪，從來因人而異。

青年的名字叫劉煒，是韓若林同班同學的哥哥，喜歡結黨連群盤踞在附近一帶，是個不折不扣的痞子。韓若林本不討厭劉煒，可是對方不時乜斜著眼偷覷母親，則令他相當反感。

「自閉兒？你耳背啊？」韓若林沒有答話，劉煒發現他目不轉睛地盯著自己手臂上的刺青，索性捲起袖子洋洋得意說：「喜歡嗎？待會你母親來了，我替她刺幾個養眼的！」韓若林對紋身沒啥喜惡，東塗西抹的排列方式甚至有點倒人胃口，密密麻麻的圖案又屢屢重疊，害他無法辨別某個似曾相識的符號。

劉煒的伙伴嘻嘻哈哈接口道：「刺在什麼部位呢？屁股嗎？原來你有這門不為人知的癖好，撈不到油水，改行淘古井了？」

「他的母親果真蠻正點，絕不是一般老虔婆貨色，他的呆想必遺傳自父親。唉！這麼標緻的美女居然嫁了個壽頭，簡直是暴殄天物！」

「嫁給你最好了！」兩人你一言，我一語，開始胡鬧起來。韓若林覺得他們的對話十分無聊，撇齒拉嘴的轉過頭去，劉煒恰恰瞥見這個輕蔑的表情。

劉煒本身，徹頭徹尾是一個迷失的寫照。早年輟學，在人生的路途上徬徨無助，投身社會後又處處碰壁，由於缺乏適當的關懷與輔導，結果在損友的慫恿下誤入歧途成為小嘍囉。或許是自卑的緣故，劉煒老愛尋事生非，生怕沒人知道自己在幫會裡有個斗大的位置，彷彿要藉此來證明自身的存在價值。

「嘿！耍臉子給我看了？」劉煒皮笑肉不笑，臉上的神態跟友善全然沾不上邊。

韓若林不屑回應，氣得劉煒面紅耳赤。他本來打算在同伴的面前拿點彩頭，殊不知弄巧反拙，惱羞成怒下一手叉著韓若林的脖子說：「龜兒子！別向我擺出一副欠揍的嘴臉，你是他媽的不想活了？」

韓若林感到呼吸困難，卻是面無懼色，凌厲的眼神直如無聲的挑釁。他不慌不忙在腦海勾勒符文，一絲不苟的排列次序，音正詞圓默唸咒語的發音，一股魔法的力量頃刻在掌心凝聚，閃爍著劉煒無緣窺見的藍色光芒。韓若林的嘴角勾起一抹冷笑，母親的叮嚀拋到九霄雲外。

劉煒怒火中燒，掄拳要揍這個不識好歹的黃毛團兒，冷不防遭人大聲喝止，劉煒作賊心虛，不加思索放開韓若林，可是接下來發生的事情倒是出人意表。

一名少年大老遠的跑過來，火速掩至韓若林身後，迅雷不及掩耳將他的手反折到背後，韓若林一下子被少年牢牢扣住動彈不得，蓄勢待發的咒語亦隨之而瓦解。

「若林，別動！」少年說。要不是這麼一句，劉煒搞不好以為他跟自己一伙。少年充滿戒備的目光不斷在圍觀的途人之間逡巡，好一會兒終於開口說道：「我弟弟年少無知，如有冒犯，我代他向你們致歉，還望兩位大人大量不予計較。」

劉煒有點詫異，皆因二人的長相相去甚遠，毫無肖似的特徵，不論態度以至氣質俱截然不同。他心想與其大動干戈，不若見好就收，起碼省去掛彩的風險。「讓他親口賠罪，我就不當一回事。」劉煒不忘逞威風說。

韓若林卯足勁掙脫少年的掣肘大叫：「范寶仁！我的事用不著你來管！」

劉煒未料兄弟二人首先自己窩裡翻，實在哭笑不得，眼看沒有插嘴的份兒，唯有靜觀其變。被喚作范寶仁的少年接著說：「若林，你忘記媽媽的吩咐了？怎可意氣用事！現在趕快向人家道歉，我們要回去了。」

韓若林認為范寶仁挾著母親的名義來威脅他，氣忿之下罔顧劉煒等人在場肆口大罵：「閉嘴！我才不會向這些跑龍套的雜碎認錯！」

這會子輪到劉煒的伙伴生氣了，他一個箭步趨前，范寶仁及時挺身擋在韓若林的面前，卻無辜成為對方遷怒的對象。「你給我說清楚！誰是跑龍套的雜碎？」范寶仁不欲滋生事端，尤其與若林同行的情況下，他斟酌適當的措辭避免引發衝突，奈何身後的韓若林不以為然。「就是你們呀！」他漫不經心說。

范寶仁遽然轉身把弟弟緊緊擁入懷中，韓若林不明所以，奮力掙扎要擺脫他的束縛，此時連番沉重的悶響透過范寶仁的胸口傳來，每一記都帶來驚心動魄的震撼。

＊　＊　＊　＊　＊

呂若雯哼著歌烹飪三人份晚餐，心情大好。打從得悉兒子是鑰匙人，呂若雯日夜費煞思量，她想像若林長大成人，帶著亡者之書進入封印之地，自己卻顫顫巍巍的拄著拐杖，連跨過渡口的氣力也沒有。儘管受到焰火寵幸，歲月似乎以特別溫柔的方式來對待魔法士，可是血肉之軀不可能超脫生死，這是顛撲不破的事實。因此呂若雯需要未雨綢繆，嘗試找尋一個代替自己守護兒子的角色，好讓他在危急關頭不用孤立無援。

呂若雯四出奔走尋覓魔法學徒，雖然此舉機會渺茫，但她堅持不懈誓不甘休，幸好皇天不負苦心人，呂若雯最終還是找到范寶仁。

范寶仁是個稱職的兄長，事事忍讓處處包容，無奈韓若林始終不肯接納他，呂若雯實在無計可施，有時候，她覺得能夠從那雙世故的眼睛看見自己的意圖。范寶仁在魔法方面的天賦不亞於韓若林，呂若雯甚至有點疑惑，為何鑰匙印記不會出現在他的身上，直到韓若林施展了一道不見經傳的咒語。

一道藍色焰火在韓若林的面前呈弧形展開，眨眼將他包裹其中。

「若林！你在幹什麼！」韓若林被母親突如其來的呼喝嚇了一跳，咒語隨即滑出他的腦海。

呂若雯走進兒子的房間，比劃著方才的焰火說：「那是什麼？」

韓若林一臉困惑，鴨子聽雷莫名其妙的樣子。呂若雯不指望從兒子口中得到清晰的答案，縱使對她而言，詮釋魔法也不是容易的事情。呂若雯改口說：「再做一次。」

韓若林抓著符文猶未散去的殘影，沒怎麼費勁便完成咒語的排序，力量之火憑空出現，轉瞬伸展成一個半球罩住韓若林，呂若雯觀察著焰火的流動，看得目定口呆。

呂若雯後來著兒子直接吟誦咒語，依然不得要領，她幾可肯定那是一道防禦魔法，於是徹夜比對相關的符文，好不容易總算理出頭緒。呂若雯發覺兒子把兩道殘缺不全的咒語重新編排，從而組合成一個類似屏障的魔法，不過這怎麼可能？

魔法，本是一門艱深的學問，符文的排序恐怕比分子結構更為玄奧，無論發音、押韻及節拍皆不容稍許差錯，單憑運氣彩數構成一道完整的咒語簡直難若登天。呂若雯拿不定主意應該責備抑或嘉許兒子，思前想後對他說：「若林，魔法不是什麼有趣的玩兒，切勿掉以輕心，因此若要進行重組咒語的實驗，必須預先徵詢我的同意，知道嗎？」

韓若林點點頭，但是他沒有告訴母親，那些符文在他的眼中如同齒輪般契合，他根本沒有進行什麼重組咒語的實驗。

呂若雯事後繼續翻查資料，她在古舊的典籍上找到相似的描述，一個失傳已久的防護魔法。千百年來，這兩道支離破碎的咒語一直擺在所有手執藍焰的魔法士眼前，僅她的兒子察覺端倪並且成功還原，也許重新封印亡者之書並非天方夜譚，一切不過是自己杞人憂天。

較早之前，呂若雯藉故拜託范寶仁，請他放學後夥同若林回家。她最近意識到，自己正是隔閡兄弟二人的一堵牆壙，是時候讓孩子們建立屬於他們之間的手足情誼了。呂若雯以為萬無一失，滿心歡喜的準備迎接他們，當她看見兩人鼻青臉腫的走進來，差點當場暈倒。

呂若雯馬上蹲下來檢查韓若林的傷勢，發現他沒有大礙，算是一塊石頭落了地。「發生什麼事了？你們跟人打架嗎？」

韓若林低頭不語，呂若雯心知兒子的倔強個性，轉臉詢問旁邊的范寶仁：「你有好好看顧弟弟嗎？到底是什麼回事？」

「對不起，我不小心招惹了兩個吃地面的流氓。」范寶仁答道。

呂若雯站起來，不容分說的狠狠摑了范寶仁一記耳光，面皮鐵青說：「我平常怎麼教導你？凡事忍讓，不可訴諸武力解決問題。看看你這副好勇鬥狠的德性，跟茹毛飲血的野蠻人有啥分別？即刻給我滾回房間認真反省一下！」

范寶仁一瘸一拐的走入房間，小心翼翼地把門掩上，呂若雯沒有再瞧他一眼，韓若林開口說：「不干范寶仁事。」

「欸？」呂若雯一時間沒有聽懂。

「他們故意找碴，范寶仁保護我而已。」

「他們是什麼人？」

「劉炅的哥哥和他的同伴。」

呂若雯不認識劉炅的哥哥，惟知道自己錯怪了范寶仁，很是愧疚。

「媽媽，吃地面是什麼意思？」韓若林忽然問道。

呂若雯忍俊不禁說：「怎麼不請教哥哥呢？」

「媽媽！」韓若林燥不搭的說。

「你方才不是替哥哥說話嗎？」呂若雯笑道。

韓若林鼓著腮幫子別過臉去，小小年紀已經遺傳了母親的壞脾氣，這就是縱容的惡果。

＊　＊　＊　＊　＊

是夜，韓若林與范寶仁早早躺下休息，呂若雯拉來一張椅子置於兩床之間。「今天晚上，你們不用冥想及複誦咒文，我們來上魔法的歷史課。」呂若雯坐定，翻開手上的筆記說：「關於魔法的起源，只能在文獻上找到零碎的記載，幾乎全是神話和傳說，不好考究。」

「老師說魔法是西方奇幻小說裡衍生的虛構產物，好比武俠劇的蓋世神功。」韓若林嘁嘴說。

「人們習慣否定自身不解的事物，而自以為是正是無知的表現。」

「我可以糾正他們！」

「無論你怎麼大費唇舌，人們泰半寧願相信自己的眼睛。然而將魔法籠統歸納為西方的專利，則有失偏頗，畢竟《西遊記》的孫悟空也會七十二變，《三國演義》的諸葛亮更可呼風喚雨。」

「諸葛亮是誰？」

「三國時期的政治家暨軍事家，縱橫捭闔足智多謀，在故事中往往是神聖的化身。」呂若雯答道。

「所以諸葛亮是個魔法士？」

「不好說呢！大前提是他真個懂得奇門遁甲的話。至少我們肯定在魔法的國度裡，沒有貧富之分，無膚色之別。」呂若雯稍稍調整坐姿繼續說：「魔法，一般呈焰火形態，按顏色區分屬性，象徵殊異。一千年前的全盛時期，魔法的種類較現今多元化，我隨便舉個例子，譬如蒼翠的精靈之火，據說天底下的花草樹木，乃至動物，無不聽其差遣，他們以保衛大自然為己任，因此有森林守護者之稱。」

「還有呢？還有什麼焰火？」

呂若雯歪頭側腦佯裝思忖道：「有救贖的白焰，一種不易覺察的治療之火，人們經常把他們與方士混淆，有鍛冶的金色焰火，一種無堅不摧的鋼鐵之火，相傳他們創造了日本武士刀的雛型。可惜以上提及的種種焰火已然消逝，我們只能緬懷其失落的光輝。至於現存世上的三種焰火，分別是我們手中力量至上的藍焰、魅惑蒼生的赤焰和死神的黑焰……」呂若雯茫然若失陷入沉思。

「媽媽？」呂若雯回過神來，續道：「相同屬性的魔法士會聚集一起形成部落，以便交換資訊或者傳遞信息。」

「我也可以加入部落嗎？」韓若林殷切問道。

「你長大後自然成為族群的一分子，我們還可找機會參觀魅惑一族的聚居地，一個稱為『大廈』的地方，手執紅焰的魔法士甚至擁有占卜的技能呢！」呂若雯希望真有遊山玩水的閒暇。

韓若林的眼珠子溜溜轉，喜孜孜突發奇想說：「我也要學習占卜！」

呂若雯勃然色變，大發雷霆道：「該死的！媽媽不許你自掘墳墓！」

韓若林被母親的反應嚇壞了，慌忙拉著被子蓋過頭頂，呂若雯自知語氣重了，趕緊說：「若林，媽媽不該向你大呼小叫，但是融合兩種魔法焰火是個危險的念頭，我曾經親眼目睹一位手執藍焰的魔法士，他用力量之火施展了一道黑魔法……」呂若雯回想起當日的情境，餘悸猶存。

韓若林聽見母親忽然住口，不由的探頭問道：「然後怎麼了？」

「那是一頭不受控制的怪物，強大的威力吞噬了周遭的一切，包括魔法士自己的生命。」呂若雯稍作停頓，確保兒子清楚明白她的意思。「我們要心懷感激接受焰火的屬性，萬萬不可觸禁犯忌踰越當中的界線，知道嗎？」

呂若雯俯身親吻兒子的臉頰後坐回椅子說：「古代巫覡篤信魔法是神祇的恩賜，科學家認為魔法是加速宇宙膨脹的暗能量，魔法是什麼？沒有肯定的答案。魔法是風、火、水、土之外的第五元素，魔法是女媧補天的五色石塊。焰火在茫茫人海挑選魔法的使徒，本能驅遣他們走向部落，一輩子研讀佶屈聱牙的咒文，若然幸運，你會有一位相同屬性的魔法士媽媽。」呂若雯做了個鬼臉，逗得孩子們哈哈大笑，復又正經八百道：「焰火甚至決定領袖的人選，藉著一個鑰匙形狀的印記，我們稱之為鑰匙人。鑰匙人將肩負領導族群及保管魔法書的重任，可不是輕鬆的差事。」

「魔法書？咱們家的書房裡不是有很多嗎？」韓若林問。

「天差地遠了！我說的是精靈的賢者之書，鋼鐵的勇者之書，治療的仁者之書等等。魔法書悉數記載了符文的序列，不但是魔法士夢寐以求的寶典，更是焰火的力量泉源，因此可謂整個族群的命脈。」

「我最好跟鑰匙人談一談，不然他搞丟了我們的魔法書，我一定會好生氣！」韓若林皺眉蹙眼，老氣橫秋說。

「不成你打算挑戰鑰匙人的權威嗎？他是唯一能夠召喚出火龍的魔法士啊！」呂若雯笑說。

「火龍？」

「火龍是一道專屬鑰匙人的強大咒語，一般魔法士哪怕再怎麼卓爾出群，充其量僅可施展鳳凰而已。不過火龍也好，鳳凰也罷，至少有好幾百年沒有出現過了。理論上，鑰匙人必定是庸中佼佼，舉世無雙，然則偶有例外，事關心智和性格也是不可或缺的因素，比方說力量一族的鑰匙人通常俠氣干雲，治療一族的鑰匙人熱愛生命，鍛造一族的鑰匙人迷戀金屬。」

「那麼精靈一族呢？精靈一族的鑰匙人是怎麼樣？魅惑一族的鑰匙人又怎麼樣？」韓若林興致勃勃追問。

「精靈一族的鑰匙人心繫大自然，魅惑一族的鑰匙人弔詭矜奇。古時流傳著這樣的順口溜——」

賢者眷顧林中鳥，

勇者手裡鍛銅鐵，
智者卜卦占命數，
王者仗義抱不平，
仁者懸壺定生死。

「儘管各種魔法的符文與結構迥然不同，當中還是有些通用的咒語，探查印記便是其中之一。」

「媽媽，印記在哪裡？」一直默不作聲的范寶仁問道。

「鑰匙印記可以在身體上的任何部位，沒有特定的位置，猶如胎記般帶點隨機性質。」

「要是部落裡有好多個鑰匙人呢？」韓若林也問道。

「不論是亡故抑或什麼原因，鑰匙人只會新舊交替，不會同時出現。倒是有魅惑一族這樣長期處於真空狀態的例子。」呂若雯重新翻開筆記說：「大約一千年前，其時死亡一族尚未誕生，魔法焰火在處處交相輝映，五色璀璨歲月崢嶸。可惜好景不常，一位手執白焰的女魔法士澈底顛覆了我們認知的魔法世界，沒人料到救贖的焰火會染上死亡的色調，彷彿觀音菩薩一下子變作活閻羅。」

「魔法士的名字叫彩雲，透過一塊被後世稱為原罪的神祕魔法石，她把自身的焰火逆轉成勾魂索命的黑焰，一人一石，算是黑魔法的起源。隨後彩雲糾結烏合之眾建立自己的勢力，她的存在，無疑是治療一族的眼中疔肉中刺，奈何又沒有拔掉的能耐。」

「當時治療一族的鑰匙人千千輪璧姬，與魅惑一族的鑰匙人白天麟關係千絲萬縷，兩人情投意合，已經論及婚嫁，所以討伐彩雲這個燙手山芋順理成章由白天麟接手。往後的發展眾說紛紜，有說白天麟落入彩雲的陷阱慘死當場，有說他單槍匹馬直搗黃龍，成功肅清彩雲及其黨羽，還有一個說法，說他為了將原罪據為己有，不惜與千千輪璧姬決裂！附帶一提，白天麟是魅惑一族最後一任正統的鑰匙人，如今他們的領袖，都是自行從部落推舉出來。」

「同儕變節，愛人背叛，連串打擊導致千千輪璧姬性情大變，終令她走上萬劫不復的不歸路。沒有人知道千千輪璧姬究竟是如何做到，但治療之火一夜變色卻是不爭的事實，於是死亡之火正式降臨，為魔法的黑暗時代揭開序幕。」

「手執黑焰的千千輪璧姬恍如仇恨的化身，她率領變異的魔法士向其他魔法族群大舉進攻，先後殲滅了鋼鐵一族及精靈一族，矛頭更直指餘下的力量一族與魅惑一族。」

「負責收拾殘局的，是我們力量一族的鑰匙人藍龍。礙於昔日情誼，藍龍不欲與千千輪璧姬正面交鋒，可是保衛族群，他責無旁貸，眼見力量一族勢將成為對方的目標，只好挺身而出。兩人的對決一觸即發，展開了一場世紀魔法大戰，藍龍取得了最後勝利。」

「經此一役，世界僅餘下三個魔法宗族，三方簽訂和約，協議逢十年舉行一次慶典，慶典表面上是為了紀念結盟，實際上是維持和約的證明，因此各陣營必須輪流負責舉辦並且派遣代表出席。為免死亡一族捲土重來，藍龍聯同族中長老合力闢築了封印之地，把意外得到的亡者之書及王者之書收納其中，也許那是一個魔法構建的太虛幻境，或是一扇通往異度空間的渡口，兩部魔法書互相牽制成為彼此束縛，加上智者之書亦隨著白天麟失蹤而下落不明，好一陣子我們以為魅惑一族在劫難逃，他們的焰火卻奇蹟似的延續至今，所以不管什麼屬性也好，魔法的力量已大不如前。」呂若雯徐徐闔上筆記，韓若林已經呼呼大睡。

「媽媽，不是只能以相同屬性的焰火來燒燬魔法書嗎？既然如此，千千輪璧姬怎麼焚書滅族？」范寶仁不知倦怠，依舊精神奕奕。

「千千輪璧姬迫使他們親手燒燬自己的魔法書，固然絕大部分的魔法士不肯就範，但是魔法士終歸是人，貪生怕死乃人之常情。倒是你怎曉得焚書滅族這回事呢？我記不起自己什麼時候告訴過你。」呂若雯反問。

「因為媽媽叫我們有空翻閱一下書房的筆記及讀物……」范寶仁囁嚅答道。

「寶仁，媽媽沒有責怪你的意思。」呂若雯為范寶仁蓋好被子說：「早點睡吧，雖說焰火會治癒你們的傷勢，仍要多加休息，知道嗎？」

呂若雯站起身準備離開房間，復又停住腳步說：「對了，打傷你們的流氓是啥樣子？」

「二人大概比我年長一些，約莫十七、十八歲，奇裝異服龐克頭，其中一人手臂上的紋身有個魔法通用符號。」

「我道是誰，原來是那個小混混！」對於任何魔法士而言，劉煒的某個刺青顯然太過觸目。

呂若雯關上房門後廢然長歎，因為自尊心作祟，她拉不下臉來向兒子道歉。「晚娘的拳頭，雲裡的日頭。」呂若雯喃喃地道，覺得自己像個刻毒的繼母。

夜深，范寶仁佇立床畔，看著熟睡的韓若林若有所思，一道藍色的光芒明亮了晦暗的房間，光源的根本，是一個鑰匙形狀的印記。

＊　＊　＊　＊

翌日，呂若雯著兒子兩人在家休養，自己走到若林就讀的學校附近徘徊，不一會便在一個僻靜的公園裡找到劉煒。

劉煒跟他的伙伴正悠哉悠哉地癱在公園的長凳上抽菸，呂若雯逕自坐在面向他們的鞦韆上悠然輕盪，兩人不斷用眼角餘光打量她。

「這不是挺貼心嗎？好個方便人家教訓自己的地方呢！」呂若雯環視寂寥冷清的四周說。

「哈！」劉煒啞然失笑，無法想像對方能怎麼整治他。

呂若雯沒有理會劉煒的嘻皮笑臉繼續說：「起初我納悶到底是那個族群的蠢材，竟然大剌剌在身上刺上一個通用的符文，殊不知這個笨蛋根本紇字不識，某個針筆匠似乎以平價染料跟你開了一個天大的玩笑。」

「你究竟在鬼扯什麼啊！」劉煒完全聽不懂呂若雯的說話，不過至少明白她口中的蠢材與笨蛋是誰。

「啐！儒子不可教也！」呂若雯搖首晃腦道。

劉煒扔掉菸蒂，從長凳上縱身躍起：「你這是要替兒子出頭嗎？」

「別逗人發笑了，較真的話，我打個響指足以解決你了。」呂若雯輕鬆的說。

劉煒作勢撲向呂若雯，冷不防手臂傳來一股劇烈的焦灼，火燒火燎的疼痛難耐，他慘叫一聲倒下，狀甚交煎。

劉煒的伙伴看見他在地上滾來滾去，不由得警覺起來，他朝呂若雯大吼：「婆娘！你玩什麼把戲！」

「稍安勿躁，我是不會冷落你的，一起來大開眼界吧！」呂若雯說罷，劉煒手臂上那一團藍色的焰火終於呈現在兩人眼前。

劉煒瘋狂地抖動手臂，可是徒勞無功，藍色的焰火如同鬼燐般黏附著他，揮不去甩不掉。劉煒的伙伴見狀，夾著尾巴要開溜，卻驚覺地上有一條藍色的火線圍繞著他，他嘗試跳過去，但焰火每每搶先堵住他去路，他開始感到呼吸困難，覺得世界逐漸扭曲變形，天幕溶化了，大地傾斜了，紅黑色的點子在視線範圍的邊緣忽隱忽現，他拚命發出求救的呼喊，結果變成瘖啞的呻吟。

呂若雯在鞦韆上淡然地道：「這次算是小懲大誡，倘若你們斗膽再動我兒子一根汗毛，我可不會這麼客氣了。」

藍色的焰火倏地退去，空氣宛如甜美的甘泉湧入胸腔，劉煒跟伙伴大口大口地喘著氣，呂若雯已經消失無蹤。

劉煒顫顫巍巍爬起來檢查手臂，發覺某個刺青變成了一團熏黑，不禁起了一身雞皮疙瘩，但他還是麻著膽子說：「別一副屎滾尿流的樣子，障眼法而已，虛張聲勢的唬人伎倆誰個不會？」

劉煒的伙伴沒有回應，只是盯著眼前的鞦韆滿腹狐疑，不料鞦韆突然劈劈啪啪燃燒起來，藍色的焰火化作猙獰的厲鬼向他們張牙舞爪，嚇得兩人落荒而逃。

「唉！是時候搬家了。」呂若雯在回家的路上嘀咕。

韓若林十歲，范寶仁十四歲。

第三章 試煉

范寶仁站在書桌前，神情肅穆，呂若雯站在他的旁邊，韓若林則故意跟兩人保持距離靠牆而立，似乎不爽與某人共處一室。桌面上，白色的瓷碟上立著一根奶油色的蠟燭，燭火熒熒，蠟淚漣漣。

呂若雯以頎長的手指拂過明滅的燭火，橘黃色的焰火頃刻變成純粹的藍，呂若雯對范寶仁說：「這是一道源遠流長的古老咒語，是考核你們有沒有正式成為魔法士的資格。」呂若雯並沒有告訴他們，打從魔法大戰後，通過測試就好比蒸沙成飯，簡直是不可能的任務，加上書缺簡脫，關於魔法的記載早已殘缺不全，因此時至今日，所謂試煉不過是個形式習俗罷了。

「寶仁，準備好便可以開始了，媽媽祝你馬到功成。」呂若雯裝模作樣說。

范寶仁點點頭，然後在腦海描摹一個代表開始的符文，藍色的燭焰上方逐漸出現一個奇形怪狀的圖案，懸空的圖案閃耀著亮藍的光芒，有點像投影裝置發送出來的三維立體影像。

呂若雯看見圖案後大失所望，她本以為范寶仁至少能夠通過幾個項目，期望藉此來增加他的信心，可是眼下的圖案完全叫人摸不著頭腦，大概又是某個失落已久的標記或者圖騰，真正的意義根本無從稽考。呂若雯無奈接受倒楣的事實，正思忖該如何安慰出師不利的范寶仁，冷不防他卻已經有所動作。

范寶仁伸手撥弄圖案的某些線條，或更改它們的行徑，或拉長它們的弧度，或方向或位置，動作乾淨俐落，絕不拖泥帶水，最後他把整個圖案上下一轉，赫然變成了一個熟悉的符號。呂若雯還來不及驚訝，符號已經變成了一道不完整的咒文，范寶仁以指尖嫻熟地勾勒出缺失的符文，又是一轉，另一個奇怪的圖案，另一道錯亂的咒文，范寶仁都一一迎刃而解，直到所有圖案與咒文構成一個縱橫交貫的幾何圖形。

「魔法陣！」呂若雯心想。她以為試煉終於要結束了，因為就算對她而言，魔法陣也僅僅是一個模糊的概念，她只知道藍龍創建的封印之地與此息息相關，僅此而已。可是范寶仁尚未有罷休的打算，繼續在圖案與符文之間不斷摸索，舉手投足均有板有眼。

好一會兒後，范寶仁終於停止了手上的動作，魔法陣驟然閃現炫目的光華，復又平服如初，臢下藍色的燭火兀自無風遙曳。「通過了……」呂若雯喃喃地道，覺得難以置信。

呂若雯不自覺回顧方才范寶仁破解魔法陣的一幕，不期然想到另一個問題，要是若林無法通過試煉，豈不是功虧一簣？這樣一來別說增加信心，更有可能對他造成沉重打擊，畢竟他一直視范寶仁為競爭對象，而范寶仁能夠成功通過試煉實在教人始料不及。

呂若雯回過神來，卻發現韓若林已經取代了范寶仁的位置，事出不意，她未及反應，藍色的燭焰突然火熾猛烈，剎那間，整個房間充斥著亮藍的圖案與符文，從上至下，由遠而近，呂若雯從沒看過類似的景象，范寶仁亦饒富興味地觀察眼前的奇景。

亮藍的圖案與符文慢慢以韓若林為中心旋轉，他的手指開始在其間來回穿梭，呂若雯勉強看到兒子正在跟某個複雜的多邊形周旋，下一刻又跳至一道七零八落的咒文上，隨著旋轉的速度越來越快，韓若林的手指也跟著飛快旋舞，呂若雯好幾次以為試煉已經達至失控的階段，惟韓若林依然故我，始終應付自如，直到所有光芒滙聚成一道陌生的咒語。

韓若林愣了半晌，禁不住皺起眉頭說：「這是什麼？」他覺得焰火正在引領他走向一個未知的領域。

韓若林憑直覺重新調動符文，但他確信這是正確的排序，亮藍的符文倏忽火花四濺，熊熊烈火宛如淼淼大水流洩傾瀉，沿著桌椅，越過地面，攀上牆壁，再蔓上天花板，三人頓時置身在一片熯天熾地的藍色火海之中，只腳下方寸立足之地未受波及，焚燒的嗶剝聲不絕於耳。此時一頭燃燒著藍色焰火的巨獸，或者由藍色焰火燃燒而成的巨獸從火海中徐徐冒升，碩大的頭顱佔據了半個房間，長長的勃子淹沒在大火之中，韓若林清楚見到火龍的輪廓，捲曲的火舌有如糾髯，空洞的眼窩有如無底深潭。

居高臨下的火龍垂首俯瞰眾人，彷彿要好好端詳召喚它的究竟是何方神聖，未幾，火龍回身一躍跳回火海，並翻起一個巨大的漩渦吞噬周遭的焰火，不消一刻，房間回復本來的面貌，沒有半點嗆鼻的氣味，沒有一絲燻黑的痕跡，僅一盞藍色的燭火巋然獨存。

「媽媽，火龍？」韓若林充滿疑惑。

呂若雯點點頭，驚魂未定，她萬料不到能在有生之年一睹火龍的風采。呂若雯發現自己手麻腳軟，遂扶著桌椅坐下說：「我沒有什麼可以教授你們了，你們已經成為比媽媽更出色的魔法士了。今後別荒廢修練，記著逆水行舟，不進則退。」

「那麼我們要參加慶典了？我感受到召喚有好幾天了！」韓若林滿心期待的問道。

「這恰好是我打算要跟你們討論的事情。」呂若雯言詞閃爍。

韓若林拉長了臉，認為這不是什麼好兆頭。

「這一屆慶典，我將單獨前往，你們皆不可出席。」

「為什麼！」韓若林粗聲粗氣說。

「媽媽老了，竟忘記替你們辦理出國的簽證。」

「胡說！你動身出發前先建立一個傳點，抵達後直接打開渡口讓我們穿越不就行了？」韓若林不忿，氣呼呼提出解決方法。

「別動輒使用魔法，不然你跟人們的距離只會越來越遠。這段期間，你倆乖乖的待在家裡，媽媽打包票，準保你們一定能參加下一屆慶典。」

「下一屆！那是十年後的事情！哪怕是再長壽的魔法士，一輩子也沒有多少參加慶典的機會，你憑什麼去剝奪我的權利？」韓若林情緒激動，據理力爭。

「憑我是你母親。」呂若雯壓抑著怒火，語氣如繃緊的發條。

「不！」韓若林大吼。

「放肆！」呂若雯拍案而起，權充燭奴的瓷碟甚至在桌面上打了個趔趄。

兩人怒目相向，僵持不下，最後呂若雯說道：「這事沒有商量的餘地，我已經決定了。」

韓若林奪門而出，大門傳來砰然巨響。

「寶仁，看好弟弟，別讓他闖禍。」呂若雯側頭一點，范寶仁尾隨而去，他是個妥當的人，鮮少教呂若雯操心費神。

呂若雯頭痛欲裂，她不以為若林真的會鬧出亂子，只是兩人待在一起能夠使她安心一點，尤其是慶典臨近的非常時期。

＊　＊　＊　＊

這些年來，呂若雯的日子一點也不好過，幾乎每晚均從噩夢驚醒，她早已算不清黑色皮革封面的魔法書總共在夢境出現的次數了。在亡者之書的陰影下，呂若雯一直小心行事，避免洩漏一家三口的行蹤，好不容易終於等到卸下這個沉重包袱的時機，豈料在這個關鍵的節骨眼上，她卻聯絡不上任何熟識的魔法士。本來她不以為意，認為不過是偶然的巧合，直到發覺族中長老也無故失蹤時，方意識到事態嚴重。

呂若雯千方百計嘗試打聽族群的消息，竟是雁杳魚沉音訊全無，身為母親，她不敢讓兒子在不明朗的情況下貿然打開通往封印之地的渡口，權衡輕重後，決定隻身往慶典尋求答案。

范寶仁追上憋了一肚子悶氣的韓若林，他正使勁踢去路上的礫石洩憤。

「走開！」韓若林瞟一眼身後的范寶仁說。

范寶仁一言不發，韓若林猛然回頭喝道：「你倒是說句話啊！難道你不想參加慶典嗎？還是你不懂得表達自己的意願了？怎剛才像個啞巴似的！」

「說了也不管用，要知道媽媽一旦拿定主意，甚少變卦。」范寶仁就事論事，與韓若林的激憤形成強烈對比。

「參加慶典是我們的權利！」

「媽媽或許有苦衷的。」

韓若林沒有再說些什麼，他討厭這個所謂兄長老是擺出一副通曉人情世故的模樣，范寶仁無可奈何，只好繼續緊隨其後，默默忍受對方有一搭沒一搭的咒罵。

范寶仁生性忠厚，為人仁孝，從不違逆呂若雯的意思，相反韓若林天生桀驁不馴，跟母親如出一轍的壞脾氣更是叫人敬而遠之，兩人的性格南轅北轍，偏偏命運緊緊相連。

* * * * *

三星期後，呂若雯來到大不列顛的國度，現在是日照短暫的季節，才過晌午，天空已是灰濛濛的一片，路燈一盞一盞豎立在行人道上，點亮了昏沉的街頭。

按照慣例，召喚的工作在一個月前已經展開，那是由數十位魔法士合力施放的強大咒語，並且以接力的方式日以繼夜持續進行，直到慶典圓滿結束為止。召喚不單是一個邀請的信息，更是導引的航標，龐大的魔法能流猶如劃破天穹的巨大箭頭，好讓身處世界各地的魔法士能夠找到正確方向抵達目的地。

這從來不是一件受歡迎的差事，卻是慶典不可或缺的一部分。

呂若雯經過兩層高的紅磚房子，穿過陌生的巷弄，再走上林蔭大道，一座挺拔的建築物巍然映入眼簾——一個至少能容納幾萬人的大型足球場。在呂若雯的印象中，慶典從沒試過在類似的地方舉行，不過想到負責舉辦本屆慶典的是離弦走板的魅惑一族，也就見怪不怪了。

呂若雯繞到球場的入口處，發現一名背著行囊的少女正站在那裡望門興嘆，大門上貼滿了禁止參觀的告示，門前架起了重重欄柵。呂若雯幾可肯定少女不是一般的觀光客，對於平生第一次感受到召喚的人來說，這無疑是一個令人氣餒的結果。

黑燈瞎火的足球場看起來有點陰森詭祕，玻璃帷幕後更是鬼影幢幢，若不是為了什麼特別的原因，大概不會有人願意靠近這個地方。呂若雯走到少女的旁邊，一邊探索魔法的痕跡一邊說：「瞞著家人來嗎？」少女尷尬的點點頭。「不瞞你說，其實我也是呢！」少女噗哧一笑，緊張的心情馬上舒緩下來。

呂若雯伸出手指戮入虛空，垂直的波紋從她的指尖向外輻射，漾起了一圈又一圈的同心圓。少女大吃一驚，愴惶退步說：「這是怎麼一回事？」

「故弄玄虛是他們的慣常伎倆。」呂若雯順勢穿越無形的臨界線，隱沒在陣陣漣漪中。

少女兩眼發直，當場怔住，然而，與其獨自待在這裡疑神疑鬼，她情願跟上對方的步伐，於是劈留撲碌朝著呂若雯消失的位置跳過去，接著眼前是一番迥然不同的氣象。

通明的燈火，不翼而飛的欄柵，熙來攘往的人群，鼎沸的人聲。呂若雯扶著險些栽倒的少女，莞爾笑道：「沒入腳處也不用直打蹦兒吧！」

「謝謝……那個……我算不算是不請自來？」少女期期艾艾說。

「放心，這裡歡迎任何感受到召喚的人，不過你得首先向他們報到，我保證你會受寵若驚。」

這時一位貴婦打扮的女子迎了上來，殷勤的向二人打了個招呼，呂若雯隨即對她說：「你好，這小妹妹頭一次參加慶典，煩請多多關照。」

「噢！你是她的？」

呂若雯搖頭說：「我們萍水相逢，剛好同路而已。」

女子一聽，雙眼發亮，一把抓著少女的手腕說：「你進行過測試了嗎？知道自己的焰火是什麼屬性了沒？」

「焰火？屬性？」少女一臉茫然。

女子二話不說，生拉硬拽要拖走少女，途中才想起被她丟下的呂若雯，回頭看著她。

「我自便就行了。」呂若雯笑說。

女子的眼裡閃過一絲疑惑，不過她的心思很快又回到少女身上，繼續牽著她走入人堆之中。

呂若雯有些同情少女，女子似乎是個頗為嚴格的導師，若然屬性相同的話，她很有可能成為對方的門生。呂若雯走上通往看臺的樓梯，一步一步回想起初次參加慶典的情境，那是一趟尋覓自我的旅程，充滿年輕的汗水與冒險色彩。

看臺上，人們三五成群聚攏在一起，呂若雯放眼四周，只覺空空落落，冷冷清清，表面上談笑風生的魔法士，不知不覺流露出不安的氣息，呂若雯知道有哪裡不對勁，可是卻說不出所以然，直到看見球場正中央的一方烏木長案，她的心隨之而涼了半截。

呂若雯仰天長歎，百般滋味湧上心頭。她離開了看臺，甫走進敞亮的球場，立即成為眾人的焦點，呂若雯直接走到長案前，長案上是一把三叉燭臺，分別立著三根蠟燭，中間一根燃燒著詭譎的紅焰，燭影搖紅。呂若雯避免將視線停留在魅惑之火太久，免得自己產生幻覺，旁邊一根燃燒著死神的黑焰，黑色的焰火不會帶來任何光明，只有無盡的黑暗和死寂，剩下還有一根未被燃點的蠟燭。

呂若雯在燭蕊上輕輕一捻，燃起了象徵力量的焰火，看臺上響起了零散的歡呼聲。一名身材高大的男子從球場的另一端大步走來，粗眉大眼與魁梧的體格予人豪邁的感覺，鬢腳的銀絲與眼角的魚尾紋暗示他久經歷練，男子朝呂若雯點點頭說：「霍釗，魅惑一族的首領。」

「幸會，呂若雯。」呂若雯和男子握手以示友好。

「是不是出了什麼岔子？怎你們也跟他們一樣，只派個代表來點火？」霍釗瞥一眼死亡之火說。黑色的焰火猶似小型黑洞，彷彿能夠吞筮天下萬物，包括光明。

「那你有詢問他們原因嗎？」呂若雯反問他。

「這個倒不用問，大家心中有數。」

「哦？能不能說明一下是什麼回事？」

「無妨，相信你們也清楚知道，打從十年前開始，死亡一族便日漸強大，而原因不明。」霍釗略為一頓，稍作試探，見對方沒有開口的意思，聳聳肩續道：「上一屆慶典結束後，那些傲慢的傢伙突然一反常態，主動跟我們熱絡起來，長老們大都認為他們別有用心，可是年輕一輩卻不以為然。大約五年前，手執黑焰的傢伙提出兩族合併的建議，條件是主權歸他們，理由是我們欠缺正統的鑰匙人，我斷然拒絕了。」

「他們肯善罷甘休嗎？」

「事情當然不會就此煞尾，他們暗中散布謠言，趁機挑撥離間，慫恿年輕一輩追隨他們成就宏偉的願景，我們成為不識時變的一群，是阻礙族群發展的絆腳石。」

「所以年輕的魔法士都跑到死亡一族那裡去了？難怪這兒清鍋兒冷灶的樣子。」

「如你所見，我們分裂成新舊兩個派系了。」霍釗把手一攤說。

呂若雯沉思片刻後說：「代表死亡一族點火的是誰？」

「一個十幾歲的小女孩，據說是魏擎天的女兒。」

「女兒！」呂若雯大感錯愕。

「哼！不知是他幾生修來的好運道，居然有個相同屬性的女兒。小女孩將來是龍是鳳尚未可知，但目中無人的態度倒與她的父親沆瀣一氣。」

呂若雯不期然想到筱瑜，在她無法與族群取得聯繫時，確實有聯絡她的打算，可是最後還是打消了這個念頭。一來不欲令筱瑜左右為難，二來對方會不會跟她站在同一陣線，呂若雯自己也說不準，如今看來，她做了一個正確的決定。

霍釗察覺到呂若雯神色有異，卻不動聲色繼續道：「你知道嗎？魏擎天現在以黑龍自居。」

「黑龍？」

「嗯，大概認為自己的能力，可媲美一千年前的藍龍吧！他的野心實在不容忽視。」

「死亡一族的鑰匙人沒有加以阻止嗎？魏擎天什麼時候成了當家了？」

「大權旁落不是眾所周知的事情嗎？不過說來奇怪，你們有容唯袖的消息嗎？」

「什麼意思？」呂若雯警覺起來。

「據我所知，容唯袖很久沒有露面了，傳聞他失蹤了，空穴來風未必無因，我懷疑死亡一族究竟有沒有鑰匙人。說起來，你們的鑰匙人呢？」

呂若雯凝視霍釗，有那麼的一剎那，她還真是希望自己能夠放下戒心。呂若雯岔開話題說：「先別說這個，你們有安排崗哨嗎？」

「當然有啊！大門後門各二人，怎麼了？」

「我剛從正門進來時，發覺四下無人，你們差點丟掉一個小女孩。」

霍釗咂舌道：「該死的！那些混蛋一定是跑去找樂子了，我得處理一下，咱們待會再聊。」霍釗快步走向看臺。

「抱歉，我也該回去了。」呂若雯看著霍釗的背影低語。她從容地走到場邊，漫不經心的轉入球員通道，準備靜悄悄的離開。

＊　＊　＊　＊　＊

球員通道是一條四通八達的隧道，在看臺底下連接球場的每個要點，老舊的瓷磚充斥著歲月的痕跡，蒸氣從牆上的管道噴發，頭頂上的日光燈不停閃閃爍爍，像一場低俗的惡作劇。呂若雯沿著指示前進，途經一排鏽蝕的貯物櫃，一輛運送換洗衣物的手推車，一個倒下的滅火器，拐彎轉角後，竟是雷同的景象……「這是你們挽留人客的方式嗎？」呂若雯對虛空詰問。

「我受人之託罷了。」一把聲音從呂若雯的身後響起。

呂若雯轉身，一名男子站在她的不遠處，手上端著一團迸跳的紅焰。「誰人所託？」呂若雯緊盯男子說。

「我們！」話音未落，死亡之火已從背後竄上呂若雯的身軀，她慘呼一聲頹然倒地，朦朧間眼前出現三個身影。

「啐！看她弱不禁風的樣子，你一不小心弄死她，我們怎麼交差？」其中一人說。

「哎呀！我不過扔個火花而已。」另一人笑嘻嘻答道。

呂若雯暗暗咒罵自己，她太大意了，男子手裡的焰火顯然是個幌子，他真正要隱藏的並非球場的出口，而是伺機偷襲她的魔法士。

「別鬧了，我們有正事要辦。」第三人一開口，其餘兩人立刻收起笑臉，呂若雯猜他就是這些人的頭兒。

「我們開門見山吧，亡者之書究竟在那裡？」剛才還在嘻嘻哈哈的男人正言厲色道。

呂若雯滿不在乎的閉上眼睛，男人又說：「嘿嘿！吃硬不吃軟嗎？這裡碰巧有個手執紅焰的傢伙呢！」

呂若雯猛地睜開眼睛，看見男人正朝著不遠處的魔法士招手，不由得慌亂起來。呂若雯對魅惑一族所知不多，但聽聞他們有窺探人心的本領，現在亡者之書對她來說已經無關痛癢，她心念的是家中兩個兒子的安危。

呂若雯掙扎著靠牆坐起來，勉強比手勢阻止了那名紅色魔法士靠近她。「不用費事，我這就告訴你，可是我只能告訴你。」呂若雯指著疑似頭目的男子說。

「不要試探我。」男子蹲在呂若雯的面前說。

呂若雯有氣無力的把手搭在男子的肩膊，再摸索到他的臉龐上，男子愀然不悅，但仍耐心的等待著。呂若雯心知肚明，以一敵四，她毫無勝算，加上負傷在身，所以唯一的機會便是速戰速決。呂若雯當機立斷，用生命貫注咒文，並在男子的耳畔輕聲說：「我們一起下地獄再說。」

一道藍色的光芒從呂若雯的掌心迸發，男子首當其衝被轟個凌空翻騰，餘勢波及站在他身後的魔法士，兩人交疊著直飛牆壁。呂若雯乘機一躍而起，同時左右開弓朝另一名魔法士扔出一顆光球，不料對方及時閃身避開，光球在牆上炸開巨大的窟窿，須臾間沙石四濺，塵土飛揚。

呂若雯無意周旋，回身衝向真正的目標，手執紅焰的魔法士本已被呂若雯的勇悍震懾得直冒冷汗，當下見她如狼似虎的撲過來，竟僵在原地不知所措，指顧之際，一股黑色的煙霧箭也似的從滾滾塵礫中射出，不偏不倚命中呂若雯，魔法的衝擊力把她拋到幾十尺外，剛好與呆若木雞的魔法士擦身而過，再重重的摔到地上。

一個黑影撥開煙霧走出來，是方才躲過呂若雯攻擊的魔法士，他止住咳嗽說：「快！趁她還有意識，別杵在那裡！」

呂若雯奄奄一息的趴在地上，感覺生命逐漸流逝，連翻身的氣力也沒有。然而，負責引領她見閻王的牛頭馬面卻姍姍來遲，呂若雯聽到微細的悉窣聲，一隻手按住她的肩頭，絕望如洪水猛獸般淹沒她，惟事態發展與她料想的大不相同。

呂若雯感到徹骨的痛楚消退了，身體的狀況似乎舒緩不少，她倚著別人的攙扶站起來，發覺自己依然虛弱，當她看見通通倒下的魔法士，方察覺身旁是位陌生的老者。一雙看破紅塵的眼睛，一把糊弄束起的花白長髮，略帶佝僂的乾癟身形，加上一身令人印象深刻的奇特裝束——一襲紅色袈裟與一個脹鼓鼓的搭連。

「他們怎麼了？」呂若雯勉強指著全無動靜的魔法士說。

「做白日夢。」老者漠然答道。

「你在愚弄我嗎？」呂若雯狐疑道。

「我像是他們的同夥嗎？況且，以你目前的狀況，任何粗通占卜皮毛的魔法士，皆能輕易從你那裡挖取他們需要的信息，何用多此一舉去演一場套話的鬧劇？」呂若雯被老者這麼一說，一時語塞，老人又道：「我還有事在身，先行一步，奉勸你也不要耽擱太久，他們很快便會醒來。至於你身上的傷勢，恕我無能為力。」

呂若雯明白老者的意思，她期求自己能夠多撐一分半刻。「等等！為什麼要幫我？」

「萍水相逢亦是緣，也不過如此罷了。」

「我該怎麼稱呼你？」

老者以怪異的神情看著她，半晌不語，最後說道：「如果我告訴你，我是白天麟轉世，你會相信嗎？」

「我不知道……」呂若雯搖頭說。

老者點點頭，然後轉身離開。呂若雯心存感激看著老者漸行漸遠，藍色的焰火在她面前伸展成一扇橢圓形的開口，兩人就此分道揚鑣。

＊　＊　＊　＊　＊

呂若雯穿過渡口回到家裡，正好踉踉蹌蹌跌進韓若林的懷裡「熄滅渡口，找你哥哥來。」呂若雯磕磕絆絆說。

韓若林扶著母親，情急之下高呼：「范寶仁！出來！」

范寶仁聞聲而至，看見母親身上隱現燐光，心下一沉。兄弟二人左提右挈，要把氣若游絲的母親送進房間，呂若雯卻制止他們說：「不用，讓我躺下，就在這裡，我有事要交代你們。」

韓若林摟著母親坐下，讓她挨在自己身上，范寶仁蹲在他們的旁邊，呂若雯發出哼哼唧唧的呻吟後說：「第一，燒掉茶盤裡頭的所有筆記，千萬不可翻閱裡面的內容。第二，不要輕信任何人……」呂若雯稍稍停下，想了一想道：「也許，若是你們遇上一位叫白天麟，或者自稱為白天麟轉生的魅惑一族魔法士，你們可以相信他。三，你們兩兄弟今後相依為命，寶仁，若林少不更事，你要好好的照顧他，因為他是。……」呂若雯看著若林，欲言又止，她實在不忍把這個重擔加諸在兒子身上，豈料范寶仁指著自己的額頭接話：「因為他是我的弟弟。」他早知若林是鑰匙人！呂若雯心想。

「啊！寶仁……」呂若雯如遭雷殛，愧疚的淚水漫漶了她的視線，范寶仁握著她的手強顏歡笑，令她更加心痛。

韓若林愈發覺得不對勁，於是趕緊說：「媽媽，我們馬上去醫院。」

「沒事，媽媽不在的時候，要聽哥哥話，要學會收斂自己的脾氣，記著憤怒並不能改變些什麼，三思而後行。」總有一天，韓若林會透過各種蛛絲馬跡了解真相，印記的光芒終將顯現，教他無從躲避。

「媽媽永遠愛你們。」呂若雯用剩餘的力氣抱緊兩個兒子，藍色的焰火開始在她身上燃燒，迅速蔓延到全身，韓若林發出驚呼，眼睜睜看著母親化成點點星火。「范寶仁！怎會這樣？媽媽到底怎麼了！」韓若林意亂心慌，只管瞎抓胡撓，彷彿要挽救屬於母親的一點一滴，可惜徒勞無功。

「當魔法士受到超過自身所能承受的魔法傷害時，體內的焰火就會造成致命的反噬，稱為灰飛。」范寶仁語帶哽咽說。

韓若林奮然揪著范寶仁的衣領說：「什麼灰飛！你不是老待在書房裡鑽研什麼嗎？拜託想想法子……我求求你……范寶仁……只要能讓媽媽回來……我什麼都聽你的……」韓若林泣不成聲，因為范寶仁臉頰上掛著的兩行淚水代替了他的回答。

藍色的星火在兩人的頭上縈繞迴旋，久久不散，直到韓若林放聲號哭，才依依不捨的，一點一點黯然熄滅。

韓若林十六歲，范寶仁二十歲。

第四章
偵測

韓若林甫進家門，范寶仁便走出來迎接他，韓若林逕自走入書房，在書桌上放下一束紫色的康乃馨，今天是呂若雯的第四個忌辰。

呂若雯撒手塵寰後，范寶仁毅然輟學，除了照顧韓若林的起居飲食之外，幾乎從不踏出書房。相反，自從入住大學宿舍後，韓若林甚少回家，他能夠想像范寶仁廢寢忘食，日以繼夜鑽研魔法的樣子，不啻把自己關在一個無形的囚牢中，而他卻只是冷眼旁觀，甚至故意跟魔法保持著一定的距離，歸根究柢，他認定魔法是害死母親的元兇。

「這麼晚啊！吃過晚飯了沒？」范寶仁問道。

韓若林愛理不理，嗒然離去。范寶仁看著桌面上的康乃馨，黯然神傷。

范寶仁穿過渡口，來到一個規模不大的遊樂場。夜靜更闌，遊樂場早已過了營業時間，沒半個人影，皎潔的月色為摩天輪鑲起銀邊，瀲灩仿製的碉堡，雲霄飛車停泊在站頭，享受難得的安寧。范寶仁繞著迴旋木馬走了一圈，最後在一輛馬車上找到韓若林。

「要不要我開動這個東西讓你轉幾圈？」范寶仁在車廂的另一端坐下，把一個牛皮紙袋遞給韓若林。

「好吵醒熟睡的管理員將我們攆走？」韓若林打開紙袋，裡面有兩瓶啤酒和一份三文治。「你怎麼知道我在這裡？」韓若林拿了一瓶啤酒，把紙袋還給范寶仁。

「小時候，每逢假日，媽媽經常帶我們來這裡，我們坐在雲霄飛車上喊得聲嘶力竭，以為天國近了。」范寶仁也從紙袋裡拿出另一瓶啤酒，又說：「所以，那個女孩子喜歡紫色？」

韓若林剛好啜飲手上的啤酒，噗的一聲噴了一口白沫。「什麼紫色女孩子……」

「你知道自己買了什麼顏色的康乃馨嗎？」

韓若林眨眨眼，想起母親討厭的顏色，范寶仁沒有再說什麼，韓若林亦低頭不語。

「你談過戀愛嗎？」韓若林首先打破沉默。

「嗯，大學同學，我甚至考慮過向她展示焰火。」范寶仁仰望月下的摩天輪，彷彿在其中一個廂子看見女孩的剪影。

「管用嗎？」

「我到底沒有這麼做，或許你可以試試看。」范寶仁搖頭說。

「能否說一下你們的事情？」

「聽故事最好有下酒菜。」范寶仁掏出三文治遞給韓若林。

「我們是在談條件嗎？」韓若林接過三文治，不情不願的咀嚼起來。

「她是個虔誠的天主教徒，曾經詢問我有沒有宗教信仰，我說魔法士不可能侍奉魔法以外的神明，結果她被我逗樂了。」

「大抵以為你跟她開玩笑。」韓若林啃著三文治口齒不清說。

「我們自然而然成為情侶，我常常有意無意告訴她關於魔法的事情，她總是一笑置之。某日，社團活動結束後，我如常送她回家，她著我在附近的空地等她一會，表示為我準備了一份小禮物，我見寂寥無人，於是在心裡複習咒文，豈料靈光一閃，我忽然解決了某個魔法陣一個一直想不通的難題，那真是個壞透的時機。」范寶仁輕歎一聲，夜，越陷越深。

「你幹了什麼好事嗎？」

「我當時樂極忘形，竟異想天開就地施展魔法陣，甚至書空符文朗誦咒語，我實在太興奮了，渾然不覺有人站在自己的身後，一本聖經掉到地上，我回身看見她捂著嘴巴驚恐萬分，完全是一副看著瘋子的表情。」

「然後呢？」韓若林問道。

「沒戲唱了，我們就此不了了之。」

「你一定好難過。」韓若林感同身受。

「看著對方逐漸疏遠自己，還真是不是味兒，然則又能怎樣？」

韓若林無言以對，兩人再次沉默起來。

韓若林把三文治的包裝紙揉成一團扔到范寶仁身上，說：「好難吃！你的廚藝是不是退步了？」

「你不是吃光了嗎？再說，三文治不是我弄的，是在便利店與啤酒一併購買的。」范寶仁笑道。

「你知不知道這玩意對我們不起作用的？因為焰火會蒸發我們體內的酒精。」韓若林晃動酒瓶說。

「真的假的？所以基本上我們是千杯不醉嘍？」范寶仁訝異道。

「我懷疑我們可以直接喝乙醇。對了，你不是滴酒不沾的嗎？」

「人生第一瓶。」范寶仁舉起手上的啤酒說。韓若林吹起口哨，范寶仁站起來說道：「今晚在家過夜嗎？」

「好，回去看你牛飲消毒酒精。」

「請賢弟先乾一埕，為兄定然奉陪到底。」

＊ ＊ ＊ ＊ ＊

朝來暮去，日子如白駒過隙。

黃昏，范寶仁回到家裡，看見散落的行李與瓦楞紙箱，嘴角不禁露出笑意，可是當他找遍大廳和寢室後，神色忽而凝重起來，他輕輕推開書房虛掩的木門，發現若林正站在書桌旁，單手按著桌面上的茶盤出神。「若林！」范寶仁一時情急喝道。

「怎麼了？」韓若林回過神來，沒料到溫柔敦厚的范寶仁竟向他大呼小叫，一臉錯愕。

范寶仁察覺自己失態，連忙自我解嘲說：「長期失眠，害我神經兮兮。」

韓若林瞄茶盤一眼，沒說什麼。「本以為你待下星期畢業典禮後才搬回來，所以毫無準備，外出用餐如何？」范寶仁提議。

「我先換件衣服吧。」韓若林點點頭，匆匆離開房間。

整頓晚飯，韓若林皆心不在焉，范寶仁的狀況比他好不上多少，兩人食不知味，連對話也不多。

表面上，韓若林十分融入大學生活，只是眼中的空洞出賣了他的心思，有時候，范寶仁覺得自己能夠感受到若林內心的糾結，於是唏噓不已。用膳後，韓若林表示要回宿舍收拾瑣碎物品，范寶仁便獨自回家。

桌面上的紅木茶盤看起來像個小箱篋，范寶仁打開盛載茶滓的抽屜，裡頭有一疊泛黃的筆記。范寶仁沒有聽從母親的吩咐燒燬筆記，尤其當他發現其中一本筆記的封面上寫著自己的名字，筆記本顯然是為他準備的，惟不知何故導致呂若雯臨終變卦，所以范寶仁決定翻開筆記一探究竟。

有筆記粗略敘述了楊庾戎怎樣伙同前任鑰匙人意外打破封印，以及他在死亡一族的追擊下，如何冒死把死亡之書交託呂若雯手上，有關於封印之地的研究資料，亦有一般魔法的訣竅，至於封面寫著范寶仁名字的筆記，則詳細記載了好些非常魔法，諸如透支生命、引火自焚之類等禁忌咒語，研究力量之火施展黑魔法的部分本來尚未完成，如今已經補上范寶仁的筆跡。

范寶仁明白燒燬筆記的含義，這是呂若雯視他為兒子的證明，奈何他做不到，一來不欲失去母親的遺物，二來他需要裡面的知識，但是危險的內容絕對不可給若林看到。范寶仁拿起寫著自己名字的筆記，藍色的焰火在他的手上燃燒，筆記本迅速化為灰燼。

然而，韓若林自此沒有再踏足書房。

時光荏苒，歲月如梭，摩天輪布滿斑駁的苔蘚，雲霄飛車衝不破鏽蝕的命運，迴旋木馬掙不脫藤蔓的纏繞，韓若林依舊坐在馬車上，冷眼看周遭的荒蕪。

二十六歲的韓若林稚氣全消，五官遺傳了母親的細緻，眉清目秀，俊朗不凡，偏偏帥氣的臉龐永遠掛著一副冷若冰霜的表情，似乎只有在面對范寶仁時方稍許舒懷。

「喂？」電話鈴聲響起，在寂寥的廢墟蕩起了異樣的回音。

「若林，我有事出門一趟，晚點回來，你獨自個要正經吃飯啊！」聽筒裡傳來范寶仁的聲音。

「你好囉唆！」韓若林索性闔上電話。他沒有詢問平素足不出戶的范寶仁到哪裡去，西方傳來了似曾相識的呼喚，昭示慶典即將來臨。

三十歲的范寶仁儒雅清臒，他站在從未經歷過硝煙便已經崩陷的碉堡下，遙望遠處的韓若林。有時候，他覺得不論是命運抑或焰火對若林都太過苛刻，不管怎樣，他會支持弟弟的決定。

＊　＊　＊　＊

范寶仁辦理好入境手續，在機場外招來一輛計程車。「客人，我看你還是睡一覺再去吧，省得掃興，事關鐵塔的開放時間就要結束了。」司機把范寶仁當做一般的觀光客，因為他的目的地是個著名的旅遊景點。

「我明天得離開了。」或者今晚，范寶仁心想。

「來去匆匆啊，真可惜呢！」司機滔滔不絕介紹鐵塔上的景色何其壯觀，范寶仁只是有一搭沒一搭的敷衍他。

計程車司機說的沒錯，鐵塔的開放時間很快就結束了。范寶仁離開鐵塔後，看似漫無目的地走在街上，昏黃的街燈把林立的哥德式建築物染成了淡淡的琥珀色，橫跨河道的橋樑在夜幕的烘托下洋溢詩情畫意，他穿過露天咖啡店來到真正的目的地，一幢巴洛克風格的酒店拔地而起。

范寶仁站在酒店的不遠處，感到非常震撼，打從接觸魔法開始，呂若雯便要他們養成無時無刻隱藏自身焰火的習慣，如今發覺酒店內至少有數十名魔法士，正在有意無意釋放自己的氣息，他才意識到殁跡匿光並不是一件容易的事情。這時范寶仁看見陽臺上有些晃動的身影，於是拉起風衣上的兜帽轉身離去。

范寶仁一路向北走到城市的邊緣，名勝古蹟逐漸變成破舊的樓房，康莊大道變成橫街窄巷，堆積如山的垃圾隨處可見，不時更滲出一兩灘發出惡臭的積水，路人投來不怎麼友善的目光，牆上的塗鴉卻展示詭異的笑容，這裡顯然不是個遊覽好地方。范寶仁故意轉入一條陰暗的小巷，一直尾隨他的兩名男子緊隨其後。

兩名男子本以為小巷是死胡同，不虞范寶仁在小巷的盡頭突然拔足狂奔，兩人勉強跟上他的步伐，三人在錯綜複雜的巷弄裡展開追逐。

韓若林呆站書房門前。這些年來，他刻意忽略魔法的存在，日子過的不痛不癢，生活與常人無異，誰知當召喚的火炬冉冉升起，他的矜持頃刻蕩然無存。韓若林的心情異常複雜，胸腔的壓抑無從宣洩，他痛恨房門後面的世界，但他無法抗拒自身的渴求，終於，他扭動門把，帶著對自己的失望和厭惡走進房間。

「糟糕了！那個傢伙跑得真快！」兩名男子站在分岔口前，其中一人說。正當二人準備兵分兩路，冷不防左邊的巷子閃出一道藍光，兩人毫不猶豫的衝過去，沒揣居然是一堆燃燒著藍色焰火的垃圾。「上當！」兩人急忙返回另一條巷子，渡口的餘光在他們的眼中烙下一個殘存的影子。

范寶仁是個謹慎的人，不會直接打開回家的渡口，他以較早前參觀的鐵塔作為轉接點，以防萬一，豈料當他穿過焰火來到本該闃寂無人的瞭望臺上，赫然發現一名女子正站在自己的面前。

女子看起來十分年輕，約莫二十出頭，長髮披肩，身材高挑，一襲黑色的連衣裙和墨綠色的外套，一雙水靈的鳳眼，白皙的臉龐。范寶仁有種自投羅網的感覺，皆因女子身上散發的氣息，絕對比方才跟蹤他的魔法士強大得多，兩人在將近三百公尺的高空對峙。

「如果打算點火的話，最好聯同大廈的傢伙一起來。」女子沒來由開口說道，冰冷的語調如同臉上的表情。

「魅惑一族？」范寶仁聽得一頭霧水。

女子不置可否，逕自走到瞭望臺的邊緣，透過鐵柵傲睨鋪在腳下的城市。「你們的焰火太霸道，不易隱藏，說不定他們已經在跑樓梯了。」一股魔法的潮流從四方迫近，正好引證了她的說話。

范寶仁搞不懂對方的用意，惟他沒空揣摩女子的心思，藍色的渡口再次展開……

詭譎的紅焰拖著緩慢的節奏勾勒出渡口的輪廓，十來個魔法士一窩蜂擁進來，他們花了好些時間才找到一個手執紅焰的魔法士，剛好在鐵塔頂層的瞭望臺上建立了傳點。眾人一眼看見憑欄遠眺的女子，互相使過眼色後，帶頭的男子便走上前，畢恭畢敬的說：「小姐，請問剛才是不是有個力量一族的王八……我的意思是，有沒有什麼可疑人物在此出現過呢？」男子想到女孩的母親，結結巴巴改了口風。

被喚作小姐的女子不瞅不睬，分明無意理會身後這些人，男子無奈的攤攤手，著其餘人等周圍搜索一下。

＊　＊　＊　＊　＊

范寶仁回家後發覺書房一片狼藉，書架案桌東歪西倒，魔法的典籍及筆記散落滿地，韓若林頹靡地蹲坐牆角，范寶仁默不作聲，靜靜兒坐在他的身旁。

「我覺得自己很失敗，明明決定不再跟魔法扯上任何關係，到頭來又抵不住焰火的誘惑。」韓若林垂頭喪氣說。

「跑了和尚跑不了廟，說到底，這是魔法士與生俱來的天性，何必自責？」范寶仁安慰他。

「魔法害死母親！」韓若林顫聲說，斑斑淚痕依稀可見。

范寶仁長歎一聲，語重心長道：「魔法，不囿倫常，超然物外，我們的恩怨愛恨在焰火裡頭毫無意義。再說，倘若我閒來無事就拿起榔頭去敲人，惡棍，會是那根鍾子嗎？」

韓若林沉吟了一會道：「你的比喻好奇怪。」

「哲學味太濃重？」

「似神經病的語無倫次。」

「你也不見得正常多少，這裡像颳了一場颱風。」

「唉，我很糗！」韓若林用手背擦拭臉上的淚痕說。

「放心，我會替你保守祕密的。」范寶仁起來準備收拾凌亂的房間，他撿起紅木茶盤，卻發現盛載茶滓的抽屜卡死了，無法開啟。

「怎麼了？摔壞了？裡頭擺放了什麼重要的東西嗎？」韓若林滿面羞愧的走過來。

「沒關係，這樣就好。」范寶仁本來正在思忖，現下是否合適的時機把事情的始末告訴若林，如今看來，母親已然替他做了決定。他想起追捕自己的魔法士和瞭望臺上的女孩子，遠方的陰霾無聲無息的漫過來，為明天蒙上重重陰影。

第五章 亂局

「你有沒有在家裡建立傳點？」范寶仁問。

「你建立的傳點跟我建立的有啥差別？我為什麼要多此一舉？」韓若林反問他。

「萬一走散，你一個人流落異鄉怎麼辦？」

「我們這個年紀玩捉迷藏好像有點不合時宜，況且，你沒聽說有一項發明叫做行動電話嗎？」韓若林打趣回應。

打從穿過范寶仁打開的渡口，韓若林便興奮莫名，他從沒試過感受到這麼多魔法士環繞在自己身邊，事實上，除了母親與范寶仁之外，他從未接觸過其他魔法士。

韓若林和范寶仁穿過金碧輝煌的酒店大堂來到舉行宴會的露天壇場，美輪美奐的布置及歌舞饗食一應俱全，人群熙來攘往，侍者忙出忙進，星前月下，熱鬧非常。二人的目光不約而同停留在會場的正中央，一把三叉燭臺立在類似祭壇的案桌上，其中兩根蠟燭分別燃燒著死神的黑焰與詭譎的紅焰，范寶仁想了一想，與其要若林低調行事，倒不如把焦點集中在自己身上，反正他們不可能在這種摩肩擦踵的距離隱藏自身的焰火，於是直接走到長案前，手指在唯一尚未燃點的燭蕊上輕輕一彈，藍色的焰火兀自燃燒，三種焰火頃刻在燭臺上交相輝映。

范寶仁發覺身旁凝視燭臺的韓若林有點神情恍惚，遂輕拍他的肩膀說：「別讓魅惑之火迷亂心智。」

韓若林如夢初醒，呆呆鄧鄧的點點頭，范寶仁讓他遠離燭臺，韓若林稍微清醒後說：「沒有力量一族的魔法士出席慶典？這不是很奇怪嗎？」

「說不定我們是整個族群碩果僅存的遺孤。」范寶仁平靜的說。這是他曾經設想的最壞情況。

「什麼？」韓若林知道范寶仁不會信口開河，他只是無法接受這個事實。

「也許我們可以打探一下，跟我來！」范寶仁看著一個女孩的身影說。

范寶仁走到女孩的面前禮貌地說：「你好！當日在鐵塔之上，我沒來得及向你道謝。」

女孩子依舊是凍凌嘴臉，范寶仁思忖該如何打開話匣子，冷不防身後有人用力一推，要不是韓若林眼明手快的扶著他，大抵已經朝女孩撲個滿懷。

「范寶仁！真的是你嗎？我就跟老頭子說過！總有一天我會找到你的！」

一個獐頭鼠目，尖嘴猴腮的青年站在眾人面前咧嘴笑道。

范寶仁覺得對方十分眼熟，卻老半天記不起他是誰，最後終於說道：「司徒……晨曦？」

「不然你以為是誰？」青年的笑容更加燦爛。

范寶仁跟司徒晨曦相互擁抱，他怎可能忘記這個奇特的傢伙呢！還記得小時候，他為了保護兒童院的小孩而惹上麻煩，眼看自己將要被一票惡棍狠狠修理，孰料司徒晨曦不知從那裡挑著一桶餿水跳出來替他解圍，結果他全身而退，倒是晨曦把自己弄得滿身腥臭，反而被院長痛打一頓。夜裡，司徒晨曦一邊痛得哇哇叫，一邊又笑嘻嘻地重演怎樣以一桶餿水打發壞蛋的情境，弄得大伙兒啼笑皆非。他總是以一種迥然不同的方式來看待事物，甚至以天馬行空的角度來探索這個世界。

「都是你的朋友嗎？」司徒晨曦看著女孩和韓若林說。

「這是我的弟弟韓若林，這位是……」范寶仁一下子不曉得如何介紹女孩，霎時尷尬起來。

女孩子瞅了司徒晨曦一眼，一言不發便轉身離去。

「我是不是說錯話了？」司徒晨曦露出一副無辜的表情。

「沒有，我想不是你的問題。」范寶仁無奈的說。

「看來老好人也有不受歡迎的時候。」韓若林翹起嘴角戲謔。

「對了，既然你在這裡，換句話說，你找到自己的焰火了？」范寶仁大概感覺到司徒晨曦的焰火是什麼屬性，但他必須再三確認，他實在不希望歡天喜地跟兒時的伙伴重逢後，卻發現彼此站在敵對的立場上。

司徒晨曦攤開手掌，一團紅色的焰火在他的掌心綻放，明豔照人。「如假包換！」司徒晨曦笑說。

「所以說，他們還真是繞過大廈招生了。」一把女孩的聲音說。

司徒晨曦轉身，發現一個古銅膚色、體態健美、容貌姣好的女孩正在打量自己，於是熄滅手上的焰火說：「大廈是什麼？」

范寶仁還來不及驚訝，女孩已經一副準備發飆的樣子說：「那些混蛋居然連大廈是什麼也沒告訴你！」

「混蛋？誰？」司徒晨曦撓頭搔首說。

女孩子深呼吸，竭力平伏憤懣的心情說：「別讓叛逆的魔法士糟蹋你的天賦，大廈才是我們真正的歸宿。」

司徒晨曦完全聽不懂女孩的說話，正欲問個究竟，女孩卻把注意力轉移到范寶仁身上說：「恐怕閣下就是力量一族的代表吧？我是大廈的代表，霍釗的門生，陳夏雪。」

「六月飛霜！你的身世是不是有莫大冤情？」司徒晨曦隨即插嘴說。

陳夏雪以為司徒晨曦故意拿自己的名字開玩笑，看他一臉誠懇，更是火大。

「我是范寶仁，這位是我的弟弟韓若林，他叫司徒晨曦。」范寶仁憋著笑，嘗試平息一場無聊的風波。

「好熱鬧！」一名奇裝異服的老者倏忽從司徒晨曦身後冒出來。

「老頭子！他就是我常常跟你提起的范寶仁了！」司徒晨曦興高采烈說。

「嗯，非常好，第一天上學便結交到新朋友，不錯啊！」束起素髮的老者慈祥笑道。

「你少來裝蒜，看你鬼鬼祟祟的，一定藏了什麼，舉高雙手！」經司徒晨曦一說，老者背抄手的姿勢顯得十分彆扭，兩人相視片刻，老人陡然抓起什麼兜頭砸來，司徒晨曦勉強擋住一件水果派的突襲，卻無法阻止一坨類似蛋糕的物體摁在自己的臉上，老者得手後撒腿就跑，東推西搡逃竄人叢之中。

「白天麟！你給我站著！」司徒晨曦顧不得滿面奶油追上去。

范寶仁和韓若林聽到司徒晨曦喊出的名字，不禁大吃一驚，母親的遺囑言猶在耳：「也許，若是你們遇上一位叫白天麟，或者自稱為白天麟轉生的魅惑一族魔法士，你們可以相信他。」兩人急急腳腳的準備跟上他們，豈料陳夏雪卻拉著范寶仁說：「等等！我們可以私下聊聊嗎？」

兄弟二人打個眼色，韓若林撂下一句：「你們聊，我先跟上他們。」便飛奔而去。

「我在這裡下榻，我們到房間再說。」陳夏雪沒有等待范寶仁的答覆，逕自走向酒店大堂。

升降機門在三樓打開，范寶仁跟隨陳夏雪通過迂迴的走廊來到她的房間，女孩子慢條斯理的脫去外套，動作不算利落，儘管她已經把緊張的情緒掩飾得很好。范寶仁覺得一直盯著人家有點冒失，於是信步晃到陽臺，一個無人的泳池正好在陽臺下方，澄瑩的池水清澈見底。

「請坐。」陳夏雪莊重地坐在矮几旁邊的椅子上，略嫌刻意的腔調反倒彰顯她經驗不足，范寶仁在矮几另一端的椅子坐下，陳夏雪接著道：「我們開門見山吧，你們是不是跟死亡一族達成什麼協議了？」

「何以見得呢？」范寶仁直視陳夏雪的眼睛說。

「你們不是跟魏圓夢挺投契嗎？枉霍釗義無反顧的相信你們。」陳夏雪嚴詞厲色，似乎認定范寶仁與死亡一族是一伙的。

「魏圓夢？」

「難道你打算告訴我，不曉得自己搭訕的對象是黑龍的女兒？」

＊　＊　＊　＊　＊

韓若林兜兜轉轉，終於找到司徒晨曦，他躲在擺放食物的長案後東張西望，並示意韓若林蹲在他的旁邊。

「有沒有看見老頭子？」司徒晨曦左顧右盼說。

「沒……有……」話音方落，韓若林發現白天麟正蹲在他們的身後。

「你們在這裡幹什麼？」白天麟問，三人面面相覷。

「對了，能不能留下你們的聯絡方法？」韓若林覺得面對這對忽上忽下的活寶貝，絕對要抓緊時機。

「什麼聯絡方法？」司徒晨曦跟白天麟異口同聲說。

「譬如電話號碼、電子郵件之類？」韓若林耐著性子說。

「魔法士要電話號碼和電子郵件來幹嘛？」司徒晨曦茫然不解。

「小兄弟，當心玩物喪志，科技帶來便捷，卻也疏遠了人們彼此的距離，二百年前我就這麼說了。」白天麟一本正經道。

「又來了！他還真是把自己當成白天麟再世，等會又開始高談闊論，說什麼拜火教的起源其實與魔法相關，他的日籍妻子跟隨遣唐使飄洋過海來到中國云云。」司徒晨曦語帶譏諷，毫不覺察脊背閃灼的紅光。

「晨曦……你後面著火了……」韓若林還沒說完，白天麟已一溜煙跑掉。

「該死的！我說過多少次了，不可以再放火燒我的衣服！」司徒晨曦不管身上的焰火，風風火火就追上去，韓若林束手無策，繼續被他們牽著鼻子走，三人你追我逐的情境竟在魏圓夢的臉上勾起一抹難得的淺笑，奈何這個笑容對某人而言甚為刺眼。

＊ ＊ ＊ ＊ ＊

「你不知道郭金鱗較早之前在慶典上宣布魏圓夢是他的未婚妻嗎？雖說魏大小姐的反應十分有趣，似乎根本沒有將這個所謂的未婚夫當成一回事，不過明眼人也看出，郭金鱗的真正用意是告誡人們別動她的主意。」陳夏雪饒有興味說。

「郭金鱗又是誰？」范寶仁問道。

「你是尋我開心嗎？」陳夏雪目不轉睛盯著范寶仁，見對方不苟言笑，才續道：「郭金鱗是黑龍唯一的魔法學徒，而黑龍就是鼎鼎大名的魏擎天，再加上他的寶貝女兒魏圓夢，當死亡一族的鑰匙人無故失蹤時，很多人深信印記終將會出現在他們其中一人身上。」

「容唯袖失蹤了？」范寶仁從母親的筆記看過容唯袖和魏擎天這兩個名字，知道前者為死亡一族的鑰匙人，後者是幾乎與他平起平坐的長老。

「你們都隱居深山修道了？容唯袖失蹤至少有十年八載了，而據我所知，你們的鑰匙人亦久未露面，因此有人大膽推測，現下所有魔法族群均欠缺正統的鑰匙人。現在，既然你是力量一族的代表，可否替我們解開這個謎團呢？請問你們的鑰匙人在那裡？」陳夏雪單刀直入。

韓若林和司徒晨曦輕易追上步履如飛的白天麟，事關一群不懷好意的魔法士攔住了他的去路，白天麟回頭看著二人，突然指著司徒晨曦高呼：「啊！失火了！」

「虧你還好意思說啊！這不是你搞的鬼嗎？」司徒晨曦怒吼，身上的焰火徐徐熄滅，衣服沒半點燒焦的痕跡。

白天麟昂首仰天，裝模作樣的充耳不聞，此時韓若林察覺身後兩側也給人堵死了，顯然來者不善。

「力量一族的留下，不相干的可先行離開。」一名傲慢的年輕男子說，言語間透露出他的輕蔑與不屑。

司徒晨曦一個箭步擋在韓若林身前，與此同時，魏圓夢在團團圍住他們的人叢中引起一陣騷動，直到眾人為她騰出一個舒適的位置方停止。年輕男子瞥了魏圓夢一眼道：「我是本屆慶典的負責人郭金鱗，手執紅焰的，別讓我再說一次，這裡沒你們的事。」

一雙鋒稜細目，高高在上的姿態，冷峻的面容。郭金鱗本該留神另一名魔法士，畢竟燭臺上的藍焰由他燃點，偏偏他跑了去跟大廈的小賤人幽會，而他卻需要在魏圓夢的面前好好表現一下，尤其是與對方的母親有染後。

「嘿！你們以為困得住我嗎？」白天麟冷笑道。

「不不不！老頭子！別在這裡發瘋！」司徒晨曦大驚，要回身阻止白天麟，可惜為時已晚，頭頂已傳來轟然巨響。

天空瀰漫著熊熊火光，紅色的焰火漫天飛躥，呼嘯而來嗖嗖而去，焰火逐漸聚攏成一股火龍捲，如秋風落葉般橫掃大地，人們爭相躲避，整個會場陷入一片混亂。

司徒晨曦乘隙一把拉著身後的人狂奔，他頭也不回說：「每次當老頭子打算施展些什麼，趕緊逃跑，他根本不曉得自己唸誦的是什麼咒語！」

兩人飛走如風，司徒晨曦納悶為何沿途眾人皆投來異樣的目光，並且紛紛為他們讓道。「我臉上沾著什麼嗎？」司徒晨曦禁不住問。

「沒有。」女孩回答。

司徒晨曦猛然停步回頭一看，方發現自己牽著的不是韓若林，而是剛才不理睬他的女孩子。「小妹怎麼稱呼？」司徒晨曦想起還沒知道對方的名字。

「魏圓夢。」

「魏圓夢？那我直接叫你夢好了。」司徒晨曦看著蜿蜒騰挪的火龍卷打了個冷顫，說：「走！」

陳夏雪跟范寶仁聽到外面鬧得翻天覆地，尚未弄清楚是什麼回事便有人叩門。

「誰？」陳夏雪走到門前警覺問道，她感覺到另一端的死亡氣息。

「力量一族的魔法士隨我們走一趟，黑龍要見你。」一把粗魯的男性聲音答道。

「真巧！他剛答應我到大廈作客，只能推卻魏先生的邀請了。」陳夏雪自作主張，替范寶仁一口回絕。

陳夏雪見男人默然無語，以為對方知難而退，不料范寶仁突然從後抱著她奮身一躍，險避過一團炸開房門的黑色焰火，飛射的木屑甚至在他們身上留下幾道傷口。

兩名男子從容走進房間，其中一人說：「我想你誤會了，我們沒有徵詢的意思。」不久之前，一場黑夜追逐和一堆燃燒著藍色焰火的垃圾令他們落人笑柄，所以當郭金鱗把這個差事交託他們時，兩人暗自竊喜，立心私下前來跟范寶仁算賬，順道扳回自己的名聲。

范寶仁訝異兩人一直背向他們卻毫無所覺的樣子，陳夏雪捏捏他的胳膊，呶呶嘴示意別作聲音，范寶仁看見她端著一團橘紅色的焰火。驀地，兩名死亡一族的魔法士神色大變，二人直衝陽臺跨過欄杆一躍而下，撲通兩聲弄得泳池水花四濺。

「你對他們做了什麼？」范寶仁愣眼巴睜說。

「這不是重點。」陳夏雪沒有告訴范寶仁，她讓死亡一族的魔法士看見一對跳水的亡命鴛鴦。陳夏雪小心翼翼地越過房門的殘骸往走廊探頭張望，然後說：「看來我們被人小看了，他們就派兩個眼睛長在頭頂上的傢伙來抓人。」

陳夏雪離開房間朝范寶仁招手說：「你打算待在這裡等待那兩個游泳的男人回來嗎？屆時我不敢肯定能夠故技重施。來吧！此地不宜久留。」

范寶仁跟陳夏雪沒走幾步，走廊的轉角便傳來雜沓的腳步聲，正是進退維谷之際，身旁的房門及時打開，一名短髮、架著粗框眼鏡，身材矮小的女子站在門後作了一個邀請的手勢，還俏皮的向二人眨眨眼，陳夏雪驚呼：「佩兒！」

陳夏雪拉著范寶仁走進女子的房間，佩兒輕輕關上房門後，陳夏雪立刻問道：「你怎麼知道我們要進來？」

「我聽到聲音，甫開門就見你兩人鬼鬼祟祟，應該沒什麼好事。」被喚作佩兒的女子笑說。

「我來打開渡口，咱們回大廈再說，你的焰火在這裡活像一盞明燈。」陳夏雪對范寶仁說。其實她一直想找機會說服佩兒脫離叛逆的陣營，現下正好一石二鳥。

「不行！我要先跟弟弟會合，確保他安全方可離開。」范寶仁斷然拒卻這個提議。

「莫非你準備大剌剌的走出去與他們理論？抑或指望我們跟你奮勇殺出重圍？」陳夏雪白了他一眼說。

「我說，昨晚我偷偷溜進酒店的廚房，剛好在他們的巨型烤箱裡建立了傳點，但是我不曉得現在裡頭有沒有放滿架子烤製著什麼，要不要試試看？」佩兒說罷，一扇紅色的渡口在她面前展開。

「你為什麼要在烤箱裡建立傳點？」陳夏雪淡然問道，猶之乎見怪不怪。

「我從沒見識過小房間般大小的烤箱，當然想參觀一下囉！只是那個烤箱足以容納兩、三個人，一個人待在裡頭，感覺有點寂寞，不過如今有你們作伴，即使烤成半熟亦無妨。」佩兒把手伸入渡口探溫，半晌後鬼靈精兒的笑道：「冷的。」

佩兒一馬當先跳入渡口，陳夏雪硬生生把范寶仁推向橘紅色的焰火，這會子門外有人高呼：「不對勁！他們好像打開了渡口……」陳夏雪穿過渡口時聽到踹門的聲音，心想他們可真是急瘋了。

砰砰砰！巨型烤爐裡傳出急速的悶響，一名廚子湊巧在旁邊打點細務，他打開鋼製的大門看見三人魚貫而出，當場怔住。

「吁！得救了！三個人果真有點擠，希望沒有弄壞你們的烤箱。」佩兒對廚子說。

白天麟沒腳子的跑，他不忘催促身後的韓若林說：「快！宴會上有個胡亂施放魔法的瘋子，好恐怖！」

「這不是賊喊捉賊麼？那分明是你的傑作。」韓若林跟著白天麟沒好氣的說，他們已經離開酒店幾條街開外。

白天麟一聽，急急止住腳步說：「我弄的？那我得回去看看，那個咒語不該是這樣子的。」

「不是你弄的！」韓若林連忙糾正自己。

「不是我嗎？就告訴你有個瘋子，你偏不信我！來吧，別在這裡耽擱，免得惹火燒身。」白天麟理所當然的說。

范寶仁一行人輕鬆離開酒店，沒遇上任何阻滯，似乎有人在慶典上大鬧一場，歪打正著做了他們的開路先鋒。范寶仁感受到韓若林的方向，卻遲遲追不上他，三人來到橫跨河道的橋樑前，方才亂成一團的死亡一族魔法士現已重整旗鼓，正火速迫近。

范寶仁停下來掏出行動電話，陳夏雪在心裡罵了一連串髒話，佩兒倒是一副悠哉悠哉的樣子。

「若林，你們在那裡？」

「范寶仁！我們剛剛過了橋，你快點跟上來！」

「你別掛線，稍等一下……」范寶仁著陳夏雪和佩兒遠離橋面，自己則蹲下來，一手拿著電話一手按在地上，好不容易找到一個無車無人的空檔。據說，在魔法尚未遭封印的年代，魔法士都能夠開天闢地。

一道藍色的閃光劃破漆黑的夜空，一聲轟隆響徹雲霄，橋樑有如抵受不住自身重量驟然坍塌，崩裂的石墩墜落河上激起高浪，傾倒的樁柱翻起了軒然大波，剎那間漫天飛薄，土雨紛紛。

「你究竟做了什麼？」這一回輪到陳夏雪傻眼說。

范寶仁勉強按捺手上的顫抖拿起電話，透支生命的後遺症頗為強烈，不過這樣一來，他就能替若林爭取到不少時間，死亡一族的魔法士只得繞道前進。

「范寶仁！你還好嗎？到底是什麼狀況？」話筒裡傳來韓若林的聲音。

「若林，聽好了，千萬別讓他們逮住，我們在……」范寶仁還沒說出會合的地點，佩兒突然飛身撲向他和陳夏雪，三人扭作一團掉進河裡，一扇由死亡之火燃燒而成的渡口在他們方才站著的位置展開，兩名急於將功補過的魔法士率先穿過渡口，身後是滿面怒容的郭金鱗。

「范寶仁！范寶仁！」韓若林正要回去，白天麟卻提醒他說：「橋斷了，我們到不了對岸。」

一艘狹長的觀光船救起了范寶仁和陳夏雪，還有佩兒，站在河岸上居高臨下的郭金鱗，眼巴巴看著三人在甲板上經由一扇藍色的渡口離開，他才不管這些人的死活，可是在得悉亡者之書的下落之前，他們尚有活著的價值。

死亡之火排空而至，瞬間吞噬了整艘觀光船，人們發出淒厲的慘叫，直到生命的氣息全然消逝。觀光船繼續前進，帶著無辜的亡魂滑入無邊的黑夜，哭喊聲戛然而止，僅剩一片曠古的寂靜。

第六章 出賣

酒店的總統套房裡，郭金鱗坐在華貴的椅子上，兩名溼漉漉的魔法士耷拉著頭站在他的面前，吊燈在眾人的腳下投下歪斜的影子。

打從成為黑龍的魔法學徒後，郭金鱗在族群裡的地位迅速冒升，搖身一變成為炙手可熱的大紅人，他本死心塌地要報答黑龍的知遇之恩，殊不知對方一直將他投閒置散，甚至連傳授魔法亦由別人代勞，久而久之，他的雄心壯志蕩然無存，不少流言蜚語說魏擎天不過是看上他的名號，因為黑龍配金鱗。

儘管師徒的關係有名無實，黑龍還是逐漸把族群的事宜交託郭金鱗處理，此時郭金鱗發覺魏圓夢經常有意無意出現在自己的身邊，或者是虛榮心作祟，也可能真有傾慕之意，郭金鱗把握機會向她示愛，孰料這冷語冰人不置可否，兩人似是而非地展開交往，毫無一般情侶的甜蜜感覺，郭金鱗懷疑自己在魏圓夢的眼中，僅是一枚與父親角力的棋子。

郭金鱗沮喪極了，沒揣魏圓夢風韻猶存的母親竟湊熱鬧般開始勾引他，並在他抵受不住誘惑後，故意讓女兒識破自己的姦情，當郭金鱗看見魏圓夢滿不在乎的樣子，方醒覺這個所謂一人之下的第二把手，根本是狗彘不如。郭金鱗好不甘心，他要證明在整個族群裡，唯有他郭金鱗配得上魏圓夢，然而，一個從中作梗的老頭，一股如幻似真的火龍卷，那個酷似小丑的男孩牽著魏圓夢逃跑的畫面，在郭金鱗的腦海揮之不去。

「我是怎麼吩咐你們的？為什麼只有你們兩人前往房間？」郭金鱗沉著臉說。

「我們來不及通知其他人……」其中一名魔法士巴巴結結道，他看著郭金鱗的影子慢慢向自己延伸。

「言下之意，是我沒給予你們足夠的時間召集人馬嗎？」影子移動的速度加快了。

「不是……」魔法士失去了推諉塞責的心情，只想盡快逃離影子的範圍，可影子已經牢牢黏住他的腳跟，使他動彈不得。

死亡之火透過影子滲入魔法士的體內，在他的五臟六腑裡大肆翻騰，魔法士大叫倒在地上抽搐痙攣，最後哼哼唧唧吐出一口鮮血便僵住了。

旁邊的魔法士沒留意影子的變化，眼看同伴當場斷氣，才知道大禍臨頭，他指著郭金鱗大吼：「你怎能這麼做！」

「為何不可？」郭金鱗獰笑道。

魔法士把心一橫，欲先發制人，一團黑色的火球在手中出現，正要朝郭金郭扔去之際，焰火卻反過來撲向自己，魔法士發出淒厲的嘶喊，須臾變成一個黑色的火人，郭金鱗看著魔法士垂死掙扎，愜意的表情宛如欣賞一齣動人的歌舞劇。

＊　＊　＊　＊　＊

韓若林找了一個僻靜的角落，讓軟弱無力的白天麟挨著一棵粗壯的橡樹坐下。與范寶仁失去聯絡後，白天麟的狀況急轉直下，彷彿一下子蒼老了十數載，韓若林攙扶他走進附近的森林公園，決定歇息一會再作打算。

「你知道嗎？這裡原是國王的狩獵場，聲色犬馬之地也。」疲乏的白天麟說罷，隨即沉沉睡去。

「狩獵場嗎？真諷刺呢！」韓若林脫去外套蓋在白天麟身上，眼角餘光卻瞥見一道紅色的光影，抬頭一看，赫然發現四周的景物正在扭曲變形，朦朧間有人對他說：「別掙扎，不然你會更加痛苦。」韓若林覺得天旋地轉，往事如走馬燈一幕幕飛快掠過。

韓若林睡不著，今天范寶仁學會了一道攻擊魔法，而他卻只能待在房間裡進行冥想和自修，因為媽媽說那些咒語相較危險，要等到適合的年紀才可學習，可是這樣一來，他便趕不上范寶仁的進度，用不著多久，范寶仁就會比他利害。

韓若林聽到微細的窸窣聲，睜眼看見一個黑影走近床邊。「若林，要不要看看咒語的排序？」范寶仁拿著一張紙條悄聲說。

韓若林精神一振，連忙坐起來，藉著窗外的蟾光端詳紙上的符文。「千萬不要唸誦咒文。」范寶仁不忘提醒道，惟韓若林完全聽不進去。說時遲那時快，兩人手上的紙條倏忽爆出藍焰，范寶仁一手推開若林，一手把紙條拋到身後，紙條在半空炸開，迸濺的火花在兩人的頭頂飛過。

韓若林心知闖禍了，正猜想有沒有驚動母親，房門軋然打開，呂若雯神色慌張衝進來大喊：「若林！」

韓若林跟范寶仁皆畏畏縮縮，不敢直視母親，呂若雯亮燈檢查房間，看見焦黑的牆角與地上的餘燼，大概推敲出是什麼回事。「都給我睡覺去！」呂若雯板起臉不動聲色說。

不知何故，韓若林覺得母親並沒有真的生氣，媽媽的嘴角似乎翹起了。

「這是什麼？」

韓若林焦急萬分，他瞥了范寶仁一眼，不曉得如何是好。媽媽說范寶仁是個孤兒，沒有確切的出生日期，如今讓他眼巴巴看著自己慶生，心裡準不好受。

呂若雯端出生日蛋糕放在兩人的面前，蛋糕上寫著韓若林和范寶仁的名字，范寶仁眨眨眼，呂若雯對他說：「寶仁，往後你們兄弟二人一同慶祝生日，好嗎？」

韓若林高興了，嚷著要切蛋糕，范寶仁沒急於吃掉分給自己的份兒，一味看著蛋糕上的名字，猶自滿足。呂若雯見狀問道：「不對胃口？」

范寶仁搖頭說：「這是我的第一個生日蛋糕。」

呂若雯一聽，鼻子一酸，韓若林別過臉去，氣鼓鼓地把沾滿淚水的蛋糕塞入嘴裡，小小心靈為范寶仁終於擁有自己的生辰而感動。

「這是什麼啊？」韓若林無法釐清思緒，一股無形的力量將他推向混沌，猶如困在永無止盡的夢境中。

「北極震盪」——一個嶄新的名詞。氣候學家解釋，因為大量暖空氣流入北極，導致冷空氣掙脫了極地環流一湧南下，為歐亞帶來連綿的暴風雪，白毛風的指爪甚至摳到亞熱帶的邊緣。

韓若林和衣蜷縮在被窩裡，依然沒有溫暖的感覺，玻璃窗蒙上一層薄薄的水霧，呼嘯的北風隱約可聞。韓若林下床走進浴室稍作盥洗，換過衣服收拾好行裝準備出門，臨行前看了寂寥無人的大廳一眼，回身差點撞上剛好回來的范寶仁。

「回宿舍嗎？」范寶仁問道。

「嗯。」

「大學生活怎樣？習慣嗎？」

「還好。」韓若林聳聳肩，從范寶仁身邊走過。

「等等！外面很冷！這個給你。」范寶仁從購物袋裡掏出一件簇新的外套遞給韓若林。

「啐！」韓若林好不耐煩，一把抓住外套揚長而去。

韓若林一走出室外，徹骨的寒意教他直打哆嗦，於是趕緊穿起手上的外套。「好吧！范寶仁，算你說對了。」韓若林嘟囔。

零星的雪花飄然落下，韓若林的內心卻是暖洋洋的，他翻著外套的衣領會心一笑，然後徐徐走進暮色之中。

「這是什麼啊！」韓若林憤然大喝，意識漸漸清晰起來。

幾個人合力架著韓若林，其中一名男子以奇特的姿勢按著他的額頭，一雙碧藍的眼睛正肆無忌憚地翻閱他腦海中的影像，韓若林不容許別人擅自窺探他的內心世界，奮力與之抗衡，結果雙方展開了一場精神的較量。與此同時，本該不醒人事的白天麟霍然站起來，神情冷峻竟是判若兩人，他舉起手朝眾人作勢攻擊，紅色的焰火蓄勢待發。

「老頭子！不要胡來！當心傷及范寶仁的弟弟！」司徒晨曦乍猛從婆娑樹影中跳出來撲向白天麟，兩人踢腳絆手撞上脅持韓若林的人堆，登時人仰馬翻。

司徒晨曦趴在地上，摔得灰頭土臉渾身疼痛，魏圓夢施施然走來俯瞰他，煞是有趣的樣子。

「范寶仁的弟弟！你給我說清楚，我什麼時候傷害你了？」躺在附近的白天麟還沒站起來便抓著身邊的男子說。

「我在這裡。」韓若林的聲音從另一端傳來。

白天麟看看在不遠處拂拭衣服的韓若林，然後指著面前的男子說：「那麼他是誰？」

「葉劍和，如果你是詢問我叫什麼名字的話。」男子緩緩站起來道。

「貿然對陌生人占卜，你知道自己承受著怎麼樣的風險嗎？」白天麟眼中閃過一種看破紅塵的滄桑，不旋踵又回復一貫的滑稽表情喊腰酸背痛。

葉劍和沒有理會這個半痴不顛的老頭，直接走到韓若林的面前說：「也許你會覺得匪夷所思，但我無意侵犯你的隱私，因此我鄭重向你道歉。」

韓若林凝視這個看來擁有東方人血統的混血兒良久，發覺對方予人的感覺跟范寶仁出奇相似。「我可不知道力量與魅惑兩族有什麼過節。」

「我和一些志同道合的朋友投靠了死亡一族，大廈稱我們為叛逆的一群。」葉劍和說話間不忘跟魏圓夢打了個照面。

「沒有棄暗投明的打算嗎？」韓若林半開玩笑道。

葉劍和笑說：「我還真是有點想跟你交個朋友呢！」

葉劍和率領同伴穿過一扇紅色的渡口離開，司徒晨曦扶起白天麟後對韓若林說：「那些傢伙適才對你做什麼來著？」

「他們試圖從我的記憶裡找尋某些資訊，不知道他們是怎樣辦到。」

「占卜。」白天麟說道。

「老頭子，你不是告訴我，施展占卜是一件非常危險的事情嗎？」司徒晨曦說。

「因為占卜的角色並不是旁觀者，而是參與者。」白天麟似是而非的答道，及至發現司徒晨曦不住眼的盯著自己，遂皺眉蹙眼說：「怎麼了？」

「你該不會是信口胡謅吧？莫非你對占卜根本一竅不通？不然為何老是不肯教我？」

「我不懂占卜？普天之下，誰不曉得我白天麟是神算子！」白天麟氣呼呼說。

「我看你比較像一根神棍子。」

「你這個大言不慚的猴崽子！」

白天麟跟司徒晨曦你一言我一句又爭執起來，兩人針尖對麥芒，誰也不讓誰。

＊　＊　＊　＊　＊

「時差挺大，這是什麼地方？」陳夏雪手搭涼篷遮掩刺眼的殘陽。

「算是我們兄弟二人的祕密基地。」范寶仁答道。

「被塵世遺忘的失樂園？」陳夏雪看著荒廢的遊樂場說。

「我可以到處參觀一下嗎？」佩兒東張西望說。

「需要導遊服務嗎？」范寶仁笑問。

「我自己逛逛就好。」佩兒邁步走開，蕪沒榛莽之中。

「你們的祕密基地可有歇腳的地方？」陳夏雪問道。

范寶仁領陳夏雪走到一片廣闊的空曠地，兩人在一條長形的石墩上坐下，陳夏雪察覺地上有些模糊的痕跡，於是問道：「這片空地本來有什麼東西？」

「一座名為星際蜘蛛的小型機動遊戲，我們花了好些時間去拆除它。」范寶仁回想起跟若林掄錘拉鋸的日子，不禁會心一笑。

「大費周章就為了騰出一塊休憩地？」陳夏雪大惑不解。

「你知道嗎？我曾經以為遊樂園是夢幻的國度，可以永垂不朽，豈料一晃眼就褪了色，變成鏽跡斑斑的回憶。」范寶仁沒有回應陳夏雪的問題。

「人們很善忘，哪怕是風靡一時的遊樂園，還是刻骨銘心的一個人，愛或恨，哭與笑，到頭來都不過是泡影一場。」陳夏雪有感而發，唏噓不已。

兩人相對無言，氣氛驟然尷尬起來，陳夏雪趕緊轉移話題說：「對了，你們兄弟擁有不同的姓氏。」

「我是養子。」范寶仁大方承認。

「難怪你們的外表毫無肖似的特徵。」

「我有這麼醜嗎？」

「哈！誰知道呢！」陳夏雪猶然笑道，接著又說：「你們的感情很好啊！」

「怎說？身為女性的直覺嗎？」

「看你不顧一切的毀橋斷後，不是最好的證明嗎？」

「對不起，我方才未及細想，連累你們身陷險境。」范寶仁由衷致歉。

「終於記起我們的存在了？」陳夏雪心裡酸溜溜的，她還真是希望有這樣義無反顧的一個人守候在自己身邊。

夕陽西下，紅霞滿天，陳夏雪不覺倚在范寶仁的肩膀上，似曾相識的感覺使她情迷意亂，竟混淆了夢與現實的界線，良辰美景醉人，勾起的思念卻傷人。

＊　＊　＊　＊　＊

為避免葉劍和等人突然折返，韓若林提議先離開森林公園，一行人漫無目的地在街上轉悠，沿途司徒晨曦約略交代了魏圓夢跟他走在一起的原因。

「夢，死亡一族為何要找我們麻煩？」司徒晨曦毫不忌諱說。

「大抵是衝著亡者之書來吧。」魏圓夢若無其事答道。

「為什麼？亡者之書不是在封印之地嗎？而且不是只有力量一族的鑰匙人，方能夠打開通往封印之地的渡口嗎？莫非若林是鑰匙人？」眾人紛紛停步並把目光集中在韓若林身上，惟他只管看著路邊一座迴旋木馬笑道：「我知道范寶仁在那裡了。」

夜幕悄無聲色的籠罩大地，一扇在遠處展開的藍色渡口分外顯眼，范寶仁與陳夏雪一同站起來，焰火映襯的四個身影清晰可見。

「魏圓夢怎麼會在這裡！」陳夏雪放下黑臉道。

「平心而論，我看她不一定是咱們的敵人。」范寶仁說。

「哼！我不相信任何手執黑焰的魔法士。」陳夏雪的表情充滿憎厭。

范寶仁納悶陳夏雪和死亡一族是否曾有什麼不快經歷，但他始終沒有過問。

韓若林熄滅渡口的焰火後忘形高呼：「范寶仁！你是不是該換一臺行動電話了？我們差點要失去聯絡了！」

「你還不是找到我嗎？」范寶仁亦放開嗓門答話，心中忐忑一掃而空。

正當雙方準備會合之際，神出鬼沒的佩兒突兀地堵在他們之間，一扇紅色的渡口旋即打開，以郭金鱗為首的魔法士蜂擁而出。

「佩兒！你這是什麼意思！」陳夏雪憤然叱喝。

「葉劍和跟他們做了一筆交易，條件是找到亡者之書的下落，或者交出力量一族的魔法士來保證你的安全。」佩兒從容答道。

「我的事不用他操心！」陳夏雪扯著脖子叫吼，佩兒已消失在渡口的另一端。

陳夏雪自薦在慶典中擔任大廈的代表，本是為了證明自己與葉劍和再無瓜葛，霍釗勉為其難的答應了，如今變相是她誘導范寶仁走入陷阱。

「范寶仁……我……」陳夏雪欲言又止，感到有口難辨。

「我相信你。」范寶仁的回應是一個肯定的微笑。

這邊廂，郭金鱗走到魏圓夢的面前，二話不說的照臉一個巴掌，在場所有人無不異常震驚，畢竟對方是黑龍的女兒。

小女孩抱著洋娃娃偷偷溜進地下室，儘管媽媽千叮萬囑禁止她靠近這個屬於父親的私人空間，然而她實在按捺不住，因為小女孩已經有好幾個星期沒見過爸爸了。

小女孩使勁推開酒窖的木門，她看見爸爸癱在沙發上，一名妖豔的陌生女子正坐在他的大腿上，兩人卿卿我我，態度親暱，小女孩走到兩人的面前說：「爸爸，她是誰？」

女子睨著小女孩，語帶促狹說：「你是誰呀？我才是爸爸的女兒呢！」

小女孩急了，生拉硬拽嘗試趕走這個冒充自己的人，女子佯裝驚訝，故意摟著小女孩的父親說：「不得了！年紀小小就懂得跟我搶男人了。」

小女孩徬徨失措，於是牽著爸爸的大手尋求幫助，孰知換來一個重重的巴掌，小女孩搖搖晃晃只覺滿眼金星，嘴裡滲出了鹹鹹的血腥味，此時有人將她一把擁入懷中，接著聽到媽媽的說話：「你瘋了！她是你的女兒！」

「滾！」小女孩的父親冷冷地道。

小女孩的母親抱著她離開酒窖，淚眼汪汪的母親不斷安慰自己說：「小乖乖，爸爸喝醉了，別放心上，知道嗎？」

「媽媽，魔法士是不會喝醉的。」小女孩以魏圓夢的聲音回答。

魏圓夢倏地撲向郭金鱗，她一手抓住他的頭髮，一手掐著他的脖子，郭金鱗一時無法掙脫魏圓夢的糾纏，惱羞成怒下揪著對方用力一摔，力道之猛甚至扯脫了衣領上的鈕扣，令倒地的魏圓夢露出了內衣及胸脯。

「鬧夠沒！」郭金鱗凶巴巴喝道。

郭金鱗看著魏圓夢披頭散髮，衣衫不整的模樣，平素傾慕之情頃刻蕩然無存，他準備扶起這位在自己心目中矜貴不再的大小姐，冷不防遭人一手推開，一個不識趣的傢伙蹲在魏圓夢的面前，關切的舉動更叫郭金鱗怒火中燒。

郭金鱗發瘋似的朝司徒晨曦拳打腳踢，全不顧及他身後的魏圓夢，韓若林欲趨前阻止郭金鱗，不料白天鱗卻低聲對他說：「如果施展不了魔法，你能做什麼？」

韓若林恍然大悟，怪不得司徒晨曦跟魏圓夢如斯狼狽，他暗中一試，竟想不起任何咒語的排序，大驚說：「怎麼會這樣？」

「看見那些端著紅焰的傢伙嗎？他們正合力施展一道古老的魔法，能夠抹去別人腦海中與某人或某事的相關記憶。」

「永久性的？」韓若林面如死灰。

「放心，他們唸誦的咒語並不完整，然則暫時禁制我們施展魔法仍是綽綽有餘。」

郭金鱗越打越起勁，彷彿要把二人直轟地獄方善罷甘休，司徒晨曦竭力以身軀擋著魏圓夢，眼看快要支持不住，遠處的范寶仁及時嚷道：「我可以告訴你亡者之書的下落！」

郭金鱗的動作總算緩緩停下來，胸腔的起伏依然激烈，范寶仁重申：「我可以告訴你死亡之書的下落，可是我只告訴你一人。」

郭金鱗沉吟片刻，不虞有詐，況且有魅惑一族作為自己的後盾，便一副有我無人的樣子大踏步走過去。

「可否幫忙檢查司徒晨曦的傷勢？」范寶仁向身旁的陳夏雪提出請求。

「切勿逞強攬大頭，要知道在他們設置的魔法圈內，我們根本無計可施。」陳夏雪心知范寶仁故意支開她，隱然覺得不妥。

「拜託你了。」范寶仁堅持。

陳夏雪凝視范寶仁良久，最後終於說道：「好吧。」

陳夏雪與郭金鱗錯身而過，兩人均無視對方的存在。陳夏雪心想，也許范寶仁真會把亡者之書交給郭金鱗，然而事到如今，她又有什麼阻止的權利？

郭金鱗走到范寶仁的面前，既不作聲也不催促，倒是范寶仁首先開口道：「讓他們先行離開，我就把亡者之書的下落告訴你。」

「別得寸進尺，這裡可不是由你作主。」郭金鱗面無表情說。

范寶仁嘆了口氣，話鋒一轉說：「你了解魔法陣的原理嗎？所謂魔法陣，其實是咒文的另一種詮釋方法，好比以圖形來代替一連串數字。」

「所以？」

「由於欠缺弟弟的天賦，因此我殫精竭慮的鑽研魔法陣，希望將勤補拙，而寂寥無人的荒廢遊樂場，自然是進行實驗的好地方。」

郭金鱗聞言警覺起來，想了一想又冷笑道：「真可惜！據我所知，即使魔法陣也需要一道簡單的基本咒語作為引子，那些手執紅焰的傢伙難得有一星半點的價值呢！」

「他們大概以各人自身的屬性當切點來阻止我們施展魔法，不過這樣一來，你們的如意算盤就有一個很大的破綻。」范寶仁開始想像咒語的排序，陌生的符文在腦海順利凝聚，毫無阻滯。

數天之前，范寶仁拿著一根燃燒著藍色焰火的棍子，用焰火充當顏料在地上繪下縱橫交錯的線條，韓若林安靜的坐在一旁，直到范寶仁完成最後一筆，焰火遽然熄滅。

「失敗了？」韓若林頗為詫異，皆因印象中，范寶仁在魔法陣上甚少出錯。

「似乎是白忙一場了。」范寶仁毫不介懷。

「這是什麼咒語？看來蠻複雜的樣子。」韓若林從不喜歡探索魔法陣，覺得眼花撩亂。

「百鳥之王火鳳凰。」范寶仁沒有誆他，卻有所保留。

韓若林又是一怔，然後說道：「在魔法遭封印的年代召喚火鳳，恐怕是不可能的任務吧。」

「也是。」范寶仁丟掉熄滅的火把宣告鳴金收兵，韓若林半信半疑的看著他，范寶仁不以為意繼續道：「倘若在有生之年能夠一睹火鳳凰的風采，這輩子算無憾了。」

幾道藍色的焰火憑空出現，迅速在范寶仁和郭金鱗的腳下延燒成錯綜複雜的圖案，曲折的紋路與龐雜的脈絡把他們重重圍困。

「怎麼可能！」郭金鱗大為錯愕。

「因為我跟死神簽訂了契約，簡單的說，這是你們的咒語。」話音方落，一只黑焰火鳥從地上的魔法陣騰躍而起，龐大的身軀穿過二人直衝天際，在空中拽出長長的尾巴。

「老頭子！怎麼辦？范寶仁是不是觸犯了禁忌？」司徒晨曦指著一飛衝天的火鳥說。

白天麟點點頭又搖搖頭，翕動的嘴巴說不出半句話，此時司徒晨曦瞥見韓若林朝著魔法陣的方向跑去，正要追上他的步伐，魏圓夢卻拉著這個傻瓜，不許他往危險裡橫衝直撞。

「瘋子！你不要命了！」郭金鱗在狂暴的氣流中咆哮，藍黑焰火在周圍亂竄。

范寶仁沒有理會郭金鱗，只管抬頭仰望天上的火鳥喃喃地道：「來吧！放開束縛盡情飛舞吧！」

彷彿為了回應范寶仁的呼喚，火鳥陡然張開翅膀，黷黮黑焰逐漸蛻變成亮藍的焰火，把世界的濛昧一掃而空。浴火重生的藍鳳凰雙翼一攲，挾著雷霆萬鈞之勢翻身俯衝而下，進退無門的郭金鱗只得全力一拚，他將死亡之火源源不絕注入魔法陣內形成一個巨大的旋渦，鯨吞虎噬般橫空而上，剎那間山搖地動，風雲變色。

一聲滔天巨響之後，天地間維持了一段短暫的寂靜，死亡之火熄滅了，藍鳳凰也消失了，郭金鱗一瘸一拐的走出魔法陣，大有劫後餘生的感覺。郭金鱗不明白，為何有人會不惜犧牲自己去拯救別人，對他而言，人生是一場貪婪的競賽，他追求凡人的權力，不稀罕百世的流芳。郭金鱗看見一個熟悉的身影漸行漸近，纖細的鳳眼冰冷如霜，披散的長髮迎風飄揚，一團幽冥之火在她的手上重燃，說明魅惑一族的咒語已然瓦解。

「夢！快點打開渡口讓我去通知黑龍，你的父親一定有辦法從他們的口中挖出亡者之書的下落。」

「我只是好奇那個人究竟會看上一個怎樣的傢伙來當自己的學徒。」魏圓夢反手一撇，死亡之火在郭金鱗胸膛拉下一道無情的口子，噴濺的鮮血染紅了明媚的月色，渾濁了清澈的銀河，魏圓夢沒有多看一眼便轉身離去，郭金鱗來不及訴說自己的惶惑和不甘，瞪著一雙空洞的眼睛頹然倒地。

韓若林顫顫巍巍的爬起來，由於太過接近魔法陣的邊緣，強大的衝擊波把他弄得遍體鱗傷，他撥開彌漫的煙塵找到俯伏地上失去知覺的范寶仁，於是急急忙忙撲上前抱起他，軟弱無力的身軀躺在韓若林的懷裡奄奄垂絕，白天麟趕到二人身邊察看范寶仁的傷勢，末了搖著頭對韓若林說：「我可以暫時使他恢復意識，也可任憑他就此安然離去。」

韓若林閉上眼睛，豆大的淚珠潸然滑落，司徒晨曦跟陳夏雪默默守護在他們的身後，以防死亡一族的魔法士乘虛而入，加上剛剛了結郭金麟的魏圓夢，一時無人敢輕舉妄動。

「我要跟他說話！」韓若林堅決道。

白天麟把手按住范寶仁的胸口，在紊亂的記憶中拼湊出咒語的排序，范寶仁的眼瞼微微跳動後慢慢睜開。「哥！」韓若林嘶啞著聲音喊道，他要范寶仁親耳聽到自己喚他作哥哥。

「頭一遭兒聽你這麼稱呼我呢！」范寶仁露出虛弱的笑容。

「老頭子，有沒有什麼辦法？」司徒晨曦轉過身來對白天麟說。

「縱然是魔法士，也有不可逾越的界線，萬般皆是命，半點不由人。」白天麟搖頭嘆息說。

「晨曦，沒關係，不過你要答應我，今後好好照顧我的弟弟。」范寶仁氣若游絲，聲音輕細得像一根羽毛。

「那還用說嗎？你的兄弟就是我的兄弟！」司徒晨曦慨然允諾。

范寶仁在心裡唸誦咒文，鑰匙形狀的印記在眾人的眼底下呈現，韓若林能夠從范寶仁的臉龐上，看到印記在自己額頭閃耀的藍色光芒。

「若林，其實你心知肚明，對不對？打從試煉……」范寶仁說不下去，一道隱約的紅光吸引了他的視線。「晨曦，你是魅惑一族的鑰匙人！」范寶仁激動的連連咳嗽。

司徒晨曦攤開手掌，印記在他的掌心迸發出詭譎的紅光，陳夏雪瞠目結舌盯著這個消失了一千多年的紅色鑰匙印記，復又看看這個傻裡傻氣的鑰匙人，然而所有人的目光很快又轉移到魏圓夢身上，一個掩藏多年的祕密，隨著敞開的衣襟和一道簡單的咒語正式公諸於世，一個截然不同的黑色印記在暴露的胸脯上清晰可見，沒有散發光華，而是吞噬周遭的光明。

「你是死亡一族的鑰匙人！」陳夏雪驚呼。

范寶仁定睛看著魏圓夢，腦中浮想起與她在鐵塔頂樓相遇的情境，忖前思後毅然說道：「魏小姐，我可以將亡者之書交給你，算是物歸原主，但是你得陪同我的弟弟進入封印之地，確保他安然無恙的拿到王者之書。」

「好！」魏圓夢爽快答應。

「其餘的事情，自己看著辦吧。」范寶仁攥住韓若林的臂膀說。

「哥……」韓若林含悲忍淚，一心要范寶仁走得了無牽掛，偏偏范寶仁臨終交代的，還是自己的事情。

「若林，不必難過，這是我的使命，可惜無緣看你成家立室了。」范寶仁的身體燃燒起藍色的焰火，火焰一下子蔓延全身。

韓若林用力抱緊猝然成為火人的范寶仁，范寶仁卻在他的懷裡化成點點流螢，從指間縫罅飄然而去，韓若林仰天嚎哭，淒絕的哀號椎心泣血，直到聲嘶力竭，直到肝腸寸斷。

郭金鱗死了，死亡一族與魅惑一族的魔法士頓失憑據，甚至搞不清該何去何從，他們帶著一個足以翻天覆地的消息相繼離開，三名鑰匙人的身分將不脛而走。

第七章 封印之地

魏圓夢打開塵封的胡桃木衣櫥，在嗆鼻的樟腦味下挑出一襲湖色的連身裙。「若不嫌土氣的話，你可以在貯藏室裡找到替換的衣物，都是我母親的遺物。」韓若林稍早前這樣子對她說。

魏圓夢換過衣服後察看四周，所謂的貯藏室，其實與一般寢室無異，大抵主人身故，姑且改了個稱謂而已，所以與其說是擺放雜物的房間，倒不如說比較像一個憑弔的地方。魏圓夢掀開一匹覆蓋案臺的白布，桌面擱著的銅相框裡是一幀三人合影，年幼的范寶仁和韓若林被一名女子緊緊摟在懷中，臉上洋溢著幸福的表情。

魏圓夢看著照片，感觸良多，她曾經不解當年正值芳華的母親，為何甘心待在不愛自己的男人身邊蹉跎歲月，長大後多少總算明白箇中的原因，至少黑龍不會容許任何人帶走他的女兒。有時候，死生契闊，並不如人們想像中遙遠。魏圓夢放下白布離開了追思的場所，回到大廳與眾人會合。

韓若林把自己關在書房裡，帶著滿腔鬱結一拳砸在紅木茶盤上，木條隔層應聲斷裂，露出了盛載茶滓的抽屜，他拂去木屑拿起一本泛黃的筆記，底下還有一本類似經典的厚重書本，黑色皮革封面看來年湮代遠，凹凸的符文黯然失色。韓若林翻開筆記，母親娟秀的字跡頃刻映入眼簾。

筆記本粗略敘述了前任鑰匙人如何意外打破死亡之火的封印，以及一位名為楊庚戎的魔法士冒死託付亡者之書的經過，韓若林看得十分仔細，母親的聲音言猶在耳，翻頁間一封摺疊的信箋飄然滑落，恰好掉在破碎的茶盤上，韓若林闔上筆記攤開信紙，竟是范寶仁的留書。

若林：

倘若你看到這封信，恐怕我已經不在人世，俗語云生死有命，千萬不要難過。

這些年來，我一直蒐羅文獻研究封印之地，大致歸納出幾個要點，總結如下：

一、封印之地可能是一個嶄新的維度，因此時間、距離和空間或許跟我們理解的天差地別；

二、根據零碎的記載，除了亡者之書及王者之書外，封印之地尚有一件與魔法相關的物品，有人猜測是「原罪」，有人認為是智者之書，畢竟是魔法的黑暗時代，混亂的局勢抹去了大部分信息，真相就藏在封印之地的某個地方；

三、縱使把亡者之書送回封印之地，能否重塑封印始終成疑，故此解封力量之火與之抗衡不失為一個折衷的方法，然則封印之地是架構在相互制約的基礎上，所以王者之書與剩餘那一件跟魔法相關的物品必須一併帶走，否則封印之地便有崩塌的危機，輕則導致魔法失衡，嚴重則書毀人亡。

我不知道這些資料對你有沒有什麼幫助，相信你看過母親的筆記後自有打算，我便就此擱筆。然而不管怎樣，大哥也會支持你的決定，請好好照顧自己。

范寶仁　字

斷斷續續的淚水在信紙上暈開，漫漶了范寶仁的名字，模糊了韓若林的視線，好一會兒後，韓若林沿著摺痕重新摺疊好信箋，並在母親的筆記裡找到所需咒語，他記下符文的排序，拿起黑色皮革封面的亡者之書離開。

房門打開，所有人的目光均落在韓若林身上，他正準備把亡者之書交給魏圓夢，陳夏雪卻制止他說：「你確定要這麼做嗎？她大可拿著亡者之書一走了之。」

「也許你說得對，但我不會違逆范寶仁的意思。」韓若林表明心跡，陳夏雪漲紅著臉無話可說。

魏圓夢故意瞟了陳夏雪一眼才接過亡者之書，一團幽微的藍焰從皮革封面上一閃而逝。「那是什麼？」魏圓夢有點疑惑。

「有魔法士在亡者之書上施展了一道屏蔽的咒語，不過從你接觸書本的剎那，咒語便解除了。」這時魏圓夢手上的魔法書彷彿變成了黑暗的根源，不斷吞噬週遭的光芒。韓若林續道：「另外，據說除了力量之書外，封印之地尚有一件與魔法相關的事物。」

「什麼事物？」司徒晨曦問。

「傳聞是智者之書或者『原罪』，范寶仁認為是解除封印的關鍵。」韓若林答道。

「因此無論是什麼，我們都必須找到它嘍！」司徒晨曦說。

韓若林點點頭沒有再說什麼，陳夏雪張口欲言又止，最後魏圓夢說道：

「走吧。」

韓若林見無人異議，於是在腦海想像自母親筆記找到的咒語排序，藍色的焰火憑空出現，在他的面前延伸成一扇漩渦狀的渡口，澎湃的能流傾洩流瀉，韓若林率先走進去，其他人緊隨其後，唯獨打尾的白天麟趑趄不前，沒多久，司徒晨曦伸長脖子從渡口的焰火中冒出來，乍看宛如一個飄浮的頭顱。

「老頭子，你幹嗎在這裡泡蘑菇？而且面色怎麼這樣難看？是不是……」還沒有等司徒晨曦說完，白天麟已一手把他的大頭揿回去，接著長嗟歎道：

「怕見的是怪，難躲的是債……」

白天麟穿過渡口，世界，不啻遭明礬漂洗過，放眼盡是一片銀白，連天和地的界線也沒有。

「老頭子，這就是封印之地？」司徒晨曦比劃著白茫茫的四周說。

「不然你以為是什麼地方？」白天麟答道。

「我怎麼知道，這裡根本什麼也沒有，直如無何有之鄉。」

「要是這麼容易便找到虛空，方外人就不用唸經了。」白天麟的目光游移不定，心神恍惚。

「在你們繼續討論下去之前，是不是該關好門窗？這麼強大的能流，難保不會引起死其他魔法士的注意。」陳夏雪指著白天麟身後的渡口說。

「小姑娘，事情可沒你說的簡單，這不是一般的魔法渡口呢！」白天麟抖擻精神道。

「什麼意思？」陳夏雪挑起一側柳眉說。

「除非我們離開封印之地，否則無法關上這扇渡口。換句話說，我們時間無多。」韓若林解釋。

「我看各人朝著自己的方向前進吧！」白天麟提議。

魏圓夢正要起行，韓若林又說：「傳說『原罪』會蠶食人心智，若然屬實，你的處境將凶險難料。」

「這不是唯一的方法嗎？」魏圓夢說罷，逕自走向無垠的蒼白，每一步皆在腳下蕩漾出細碎的漣漪。

韓若林看著魏圓夢漸行漸遠，便轉身朝著另一個方向跨步而去，司徒晨曦左顧右盼說：「老頭子，我們走哪邊？」

「饒了我這副老骨頭吧！我跑不動了。那一邊都好，別待在這裡妨礙我休息就行。」

司徒晨曦搔首抓耳，分明拿不定主意。

「哼！」陳夏雪扭頭瞥項跟上韓若林，司徒晨曦心領神會，趕緊追上魏圓夢的步伐，四人徐徐消失在迷濛之中。

白天麟稍稍遠離渡口，幾道隱約的線條慢慢浮現，在他的身邊勾勒出樹木的輪廓，濃蔭在他的頭上展開，陽光透過茂密的枝葉灑下斑駁的光陰，花香飄溢鳥語悠揚。

「好懷念的光景呢！」白天麟喃喃地道，他倚著一棵山毛櫸坐下，享受片刻的安寧。

韓若林與陳夏雪並肩而行，不知從什麼時候開始，腳下的空白變得光可鑑人，能夠映照出他們的倒影。

「萬一魏圓夢真的找到『原罪』，這裡說不定就是我們的葬身之地。」陳夏雪忽然說道。

「既然只有她感應到另一件與魔法相關的事物，我們別無選擇。」韓若林答道。

「你不該對魏圓夢卸下戒心，她處心積慮隱藏自己鑰匙人的身分，必定有所圖謀。」

「這般說來，你會不會也別有用心？」韓若林不經意問道。

陳夏雪遽然止步，低頭不語。

「怎麼了？」韓若林轉身問道。

「假如我告訴你，我們的腳下是連綿的冰川和山巒，你覺得怎麼樣？」陳夏雪沒頭沒尾說。

韓若林順著陳夏雪的視線俯首一看，翻湧的雲濤竟像隔著一層玻璃在他的腳下奔流，冰封的山脈在霧靄中若隱若現，重巖疊嶂玉雪紛飛。韓若林從沒想過自己會以這種奇異的方式居高臨下鳥瞰山峰，目眩神迷其間，眼前乍現幾道不規則的裂痕，並且以他們為中心不住向外擴散蔓延，二人還沒搞清楚是什麼回事，已隨著隆隆巨響失重急墜。

韓若林與陳夏雪從高處墮下摔在皚皚積雪上，兩人骨碌碌滾落陡峭的山坡，最後在稍微平緩的地帶才止住勢頭。韓若林站起來扶了身旁的陳夏雪一把，他們身處一個寬廣的盆地，四周環繞著高聳的冰凌。

「有沒有受傷？」韓若林問道。

「沒有，可是跌死或凍死，到頭來又有什麼差別？」

「你感到寒冷嗎？別忘記這裡是封印之地，不過我們委實需要找個出路。」

韓若林與陳夏雪沿著盆地的邊緣探索，整整繞了一個大圈後，方找到一個類似冰壑的缺口。

「我來粉碎冰層瞧瞧。」韓若林不喜歡蠻幹的方式，奈何現下沒有斟酌的閒暇，他舉起手按著堅厚的積冰，閃灼的藍光旋即在冰壁上轟出一個洞口，大小勉強能容納一個人通過，卻沒有多深。

「我看此路不通。」韓若林探身檢視洞底的岩石，背後突然傳來一聲震天價響。

「雪崩！」陳夏雪疾聲大呼，並將韓若林推進狹隘的洞窟，自己則堵住洞口頂著暴風雪的怒吼。

「你幹什麼！」韓若林費勁挪動身軀，無奈渾身乏力，一團魅惑之火在昏暗中綻放詭譎的光芒。

「你不明白，是我間接導致他走入陷阱，我需要一個贖罪的機會。」陳夏雪憂傷的說。

韓若林只覺眼前一黑，漸漸失去知覺。

＊　＊　＊　＊　＊

司徒晨曦跟隨魏圓夢穿過寂寥的山谷，他搞不清自己身處何方，甚至連如何抵達亦茫無印象，彷彿一下子就走到未知的地域。兩人來到山谷的盡頭，一座巍峨的絕壁橫亙在他們的面前，旁邊有一條依附山勢的石階盤陀攀升，似乎是唯一的路徑。

「你確定是這裡沒錯？要不然，我們可以繞道而行……」司徒晨曦吞吞吐吐說。

「嗯，是這裡沒錯。」魏圓夢剛蹬上狹斜的石階，司徒晨曦又說：「那個……其實我有輕微的懼高症。」

魏圓夢抬頭看看綿延的石階，然後說：「等我回來。」

魏圓夢獨自個走上石階，拐了個彎便無影無蹤。司徒晨曦無可奈何，兀自在谷底來回踱步，一個勁兒的乾著急。

魏圓夢沿著崎嶇的石階穿梭在岩縫之間，羊腸鳥道迂迴曲折，嶙峋險峻窒礙難行。她通過掛滿滴石的岩洞，踏上橫跨山峽的石橋，一股肅殺之氣悄然逼近。

「夢！當心！」驀地，身後傳來急切的警告，魏圓夢回頭一看，赫然發現一個鬼魅般的黑影撲向自己，危急之際，一道紅光撕破了來勢洶洶的魅影，當消散的影子在石橋上重新凝聚，司徒晨曦已趕至魏圓夢的身邊。

一團繚繞的黑氣影影綽綽，裹住一個虛幻的身影，魏圓夢依稀看見女性的特徵。

「這是什麼？」司徒晨曦問。

「大概是某種聯繫魔法的意識……」魏圓夢不肯定自己的說法是否正確。

「嗯。」司徒晨曦似懂非懂的點點頭，半晌後說道：「什麼意思？」

魏圓夢沉下臉睨著司徒晨曦，此時影子高舉一把刀劍狀的武器展開攻擊，司徒晨曦迅速在二人的面前架起一道赤色的火牆充當屏障，眼看就要短兵相接，影子的攻勢卻陡然一轉，猛地斬斷了他們立足的石橋，齊截的缺口分外鮮明，雙方的距離隨即越來越遠，猶如一艘解開纜索的船隻飄搖而去，沒入煙波浩渺之中。

司徒晨曦伸頭縮頸瞻望橋底，發覺竟是萬丈深淵，不禁渾身激靈，一陣暈眩襲來，腳下一趾身子一歪，一齣空中飛人的戲碼即將上演，幸虧魏圓夢及時揪著司徒晨曦的衣領，把他從斷橋的邊緣拉回來。

魏圓夢打量眼前的斷橋，瞅瞅身後的石階，接著說：「看來我們只能往上爬了。」

司徒晨曦癱在地上仰望無有窮盡的石階，為命運的乖舛發出悲鳴。

韓若林睜開眼睛，眼前卻是漆黑一片，儼然無始無盡的混沌世界，遠方亮起了一點微光成為指引的熘火，韓若林一步一步走向光源所在，一位老者的身影逐漸明朗。

體形魁梧奇偉的老者身穿古裝，寬袍大袖以樸纏頭，一雙深邃的眼睛炯炯有神，一把斑白的連鬢絡腮鬍，正顏厲色不怒自威。老者坐在一張樸實無華的寶座上，身上散發柔和的光芒。

「老先生，請問這裡是什麼地方？」

「此乃汝尋索之地。」老者以蒼勁雄渾的聲音回答。

「老先生？我不明白……」

「汝為解除封印而來。」

韓若林靈光一閃猜到老者的身分，遂拱手作揖開門見山道：「煩請老先生為我指點迷津。」

「卻是為何？好掀起另一場魔法戰爭？置天下於萬劫不復？」老者詰問。

「打從我們觸禁犯忌翻開了亡者之書，死亡的陰影業已籠罩大地。」韓若林不卑不亢答道。

「言下之意，汝欲作殊死一戰？」

「負隅頑抗，別無他法。」韓若林禁不住想起母親與范寶仁，復仇矢志油然而生。

「子曰：『道不相謀』，恕老朽愛莫能助矣。」老者斷然拒絕。

「既然如此，得罪了！」韓若林舉起手，藍色的焰火在手中凝聚，他必需爭分奪秒，沒有空與十個世紀前的人物周旋，豈料寶座上的身影轉眼變成了呂若雯。

韓若林熄滅了手上的焰火頹然跪下，他伏在母親的大腿上哽咽說：「媽媽！范寶仁……」

「我知道……」呂若雯憐惜地撫拍兒子的背項。

「我要傷害你們的人皆付出沉重的代價！」韓若林咬牙切齒道。

「就算這樣我們也不會死而復生。」

「莫非任由你們白白犧牲？我到底如何是好？」

「別讓憤怒蒙蔽心智，靜下來聆聽自己的心聲。」呂若雯溫柔的說。

韓若林默然良久，最後終於抬頭說道：「媽媽，我得回到同伴的身邊了。」

「去吧。」呂若雯的身軀緩緩化成無數閃爍的藍色絲線，並且源源不絕流入韓若林的掌心匯聚成一道奪目的光華，刺眼的強光驅散了周遭的黑暗，四周又回復白茫茫一片，萬籟俱寂。

韓若林正欲端詳手上的事物，卻發現陳夏雪躺在自己的面前，活像全無氣息。韓若林甫蹲在陳夏雪的身邊，她便溺水獲救般嗆咳著驚醒。

「你覺得怎麼樣？」韓若林待陳夏雪喘息緩和後問道。

「還好。」陳夏雪艱難地撐起身子，她看著韓若林手裡靛藍色皮革封面的古舊書籍說：「拿到了？」

韓若林點點頭，繼而直接把魔法書交給陳夏雪。陳夏雪接過魔法書，指尖沿著皮革封面上的紋路摩挲，惟始終沒有翻開它。

陳夏雪依靠韓若林的幫助搖搖晃晃地站起來，她歸還魔法書給對方說：「只怕有人誤會你是虔誠的信徒或布道的傳教士。」

「鑰匙人有一道不為人知的咒語，能夠將屬性之魔法書與自身融為一體。」韓若林說罷，手裡的魔法書蛻變成幾道飄忽的光燄，輕靈地在他的身周遊竄，不旋踵已煙消雲散。

「挺方便嘛！這樣一來……」話未說完，陳夏雪神色一轉。

「白天麟有伴了。」韓若林接口道。

＊　＊　＊　＊　＊

光影轉移，白日與黑夜不斷急速交替，時間的節拍彷彿一下子變得雜亂無章，一道閃電掠過天際，緊接的雷聲卻是遙遠的迴響。白天麟看見一名陌生男子站在渡口的旁邊，男子顯然有些在意變幻的風雲，白天麟站起來對他說：「這裡是魔法的國度，哪怕是一星半點的火苗，也可能帶來驚天動地的影響。」

陌生男子看起來約莫四十出頭，中等身材，棱角分明的五官，方正的下巴，紳士般的優雅打扮，蠟亮的頭髮整齊伏貼。他瞟了白天麟一眼便打算轉身離去，沒有理會這個老頭子的意思。

「恕老夫直言，後生們現下正忙得不可開交，閣下實在不宜打擾他們。」白天麟清楚知道對方是魏圓夢的父親，遺傳是很奇妙的東西，縱使二人的長相沒多少相似之處，倨傲的表情卻是如出一轍。

「你要阻止我嗎？」魏擎天邁開步伐，可是週遭的環境透過一種奇特的方式扭曲了，白天麟再次出現在他的面前。

魏擎天不期然生出一股莫名的怒意，二十年來，他看遍林林總總與封印之地相關的記載，各類典籍包括神話及傳說幾乎無一遺漏，他曾經以為自己是當今世上最為了解封印之地的人，殊不知甫穿過渡口便遇上這個怪裡怪氣的老頭子，非但一副教誨無知的口吻，更執意跟他糾纏不休。

魏擎天素來鄙視魅惑一族的伎倆，他想像咒語的排序，四周的景致呈現出立體幾何的變化，不啻以他作為軸心重新調整時空的形態，電光石火間，兩人的距離已觸手可及。魏擎天順勢推出一掌，五指迸發出黑色的火花，白天麟從容不迫，反手一記四兩撥千斤輕鬆化解，然而攻勢一波接一波繼踵而至。

二人展開了一場夾雜著魔法的白刃戰，白天麟避重就輕，魏擎天咄咄逼人，身邊的大樹紛紛倒下，摧折聲此起彼落，幾個回合之後，白天麟明顯後勁不繼，魏擎天抓住機會朝對方天靈劈下，白天麟心知沒有迴旋的餘地，忙不迭振臂迎上，兩股迥然不同的力量正面交鋒，隨即爆發出轟然巨響。

魏擎天料不到區區魅惑一族的魔法士，居然結結實實擋下自己的重擊，不由得驚詫問道：「你是誰？」

「白、天、麟！」老魔法士一字一頓說出自己的名號。

魏擎天對這個自稱為白天麟的老頭子有點另眼相看，甚至語帶歎息說：

「可惜你站錯邊。」

一道巨大陰影陡然張開，硬生生將白天麟拋到幾十尺外，年邁的魔法士狼狽不堪地撞上一棵大樹後掉進泥濘，他抹去臉上的泥巴抬頭一看，黑色的焰火遮天蔽日，火鳳凰的輪廓清晰可見，雄壯柔美兼而有之。

魏擎天厭倦了漫長的等待，決心速戰速決，火鳳凰扇動頎長的翅膀颳起了陣陣狂風，一條藍色的火龍卻破空而至……

＊　＊　＊　＊　＊

魏圓夢身輕如燕，在巖巉的石階上遊刃有餘，司徒晨曦手腳並用銜尾攀附，卻不慎踩上鬆動的石塊幾乎失去平衡，魏圓夢回身挽著他的手臂說：「不要往下看，一步一步的慢慢來。」

司徒晨曦六神無主地點點頭，小心翼翼的跟著魏圓夢繼續前進，最後終於抵達石階的盡頭，來到一塊架空的岩石平臺上。平臺的正中央矗立著一座式樣古老的高塔，整棟建築物以黑色為主，重樓複閣斗拱飛宇，幽深晦暝歸然孤絕。

「這又是什麼？」驚魂未定的司徒晨曦對著高塔說。

「五重塔，一般用來祀神供佛，亦有鎮邪之說。」魏圓夢莫名其妙，不曉得自己的認知從何而來。

＊　＊　＊　＊　＊

陳夏雪扶起白天麟，火龍跟火鳳凰在上空展開鏖戰，似乎勢均力敵，正是難分難解之際，一股黑色的煙霧如飛蛇般迅猛襲來，韓若林突然出現在他們的面前擋開了煙霧的攻擊，他警覺地在斷裂的樹幹之間搜索攻擊者的位置，惟不見敵人的身影。

「保護老頭子！」話音未落，韓若林一個豹躍跳入森林，速度之快，竟與一枚炮彈無異。

「他是怎樣做到的……」陳夏雪一臉詫異。

「只要看出魔法的能流，你甚至可以改變環境來迎合自己。」虛弱的白天麟有氣無力說。

韓若林在森林裡飛馳，四周的景象通通變成浮光和掠影，幾個黑色的火球同一時間從四方八面疾射而至，韓若林避無可避，只能勉強以力量之火保護自己，爆炸的衝擊力將他甩到半空，轉折掉進一堆瓦礫之中。

韓若林推開身上的石塊，發現自己置身在一個荒廢的城市，建築物七歪八斜，牆上的裂縫不時露出鏽蝕的鋼筋，不遠處，一個男人站在坍塌的教堂上，漫不經心地褻瀆腳下的神明。

「我們已經交出了亡者之書，你為什麼要這麼做？」韓若林直問對方，他壓根兒不知道男人是誰。

黑龍不屑回應，卻以犀利的目光盯著韓若林，這時韓若林察覺眼前突然出現藍色的光暈，立刻意識到鑰匙印記正從自己的額頭上散發亮光，他想起才沒有多久，范寶仁蒼白的臉龐上倒映著相同的光芒，心中悲憤頃刻化作無名。

韓若林一躍而起，瞬間跳到教堂的上方，他擺出攻擊的架式，不料眼角餘光卻瞥見一個龐大的身影，黑色的火鳳凰張開巨喙，以匪夷所思的速度直撲而來，韓若林來不及作出反應，已被砸進一棟摩天大樓裡。死亡之火徐徐熄滅，在玻璃帷幕上留下一個偌大的缺口，鋒利的碎片墜落如雨，竟有點像鑲滿鑽石的帷幔，然而事情還沒有結束，惡戰才正式開始。

當最後一塊玻璃掉到地上發出清脆的鏗鏘聲，藍色的焰火從大樓的缺口噴湧而出，熊熊烈焰迅速蔓延，最後以火龍的姿態衝破大樓撲向黑龍。魏擎天騰躍半空避過火龍的攻勢，腳下頓時變成一片藍色的火海，韓若林閃現在他的面前轟出一記重擊，毀滅的焚輪席捲大地。

＊　＊　＊　＊　＊

魏圓夢與司徒晨曦走進五重塔，黑暗構成了一道無形的臨界線，在他們的身後拒卻光明。司徒晨曦攤開手掌，以一團橘色的焰火權充照子，粗大的梁柱下空空如也，魏圓夢指著通往上層的木階，一把女子的聲音從她的腦際響起：好一對惹人嫉妒的小情侶呢！」

「有什麼不妥嗎？」司徒晨曦渾然聽不見女子的聲音，魏圓夢搖搖頭，若無其事的踏上階梯，女子說：「你以為他真的在乎你嗎？可不要這麼天真了，手執紅焰的都是虛情假意的偽君子！我來告訴你一個關於背叛的故事吧。一千年前，一名扶桑國的貴族女子蒙受焰火感召，不惜飄洋過海尋求答案。」

魏圓夢登上二樓，眼前竟是一個類似船艙的斗室，一名穿著和服的年輕女子獨坐一隅，綰起的長髮披垂在身後婉轉靡曼。一個水手打扮的男人畢恭畢敬地放下塗漆餐盤，因為其中一條胳膊紮著繃帶，動作頗為笨拙。女子二話不說握住男人的手腕，白色的焰火從她的手中竄上對方的臂膀，男人驚惶失措，慌慌張張掙開女子的束縛，卻意外發現受傷的部位居然靈活自如，連忙跪下來向女子叩頭道謝。

「夢！夢！」魏圓夢感到有人使勁搖晃自己，虛幻的景象逐漸散去，司徒晨曦正憂心忡忡的看著她。

「好端端的幹嘛大呼小叫？」魏圓夢責怪他。

「你獃磕磕的怔在這兒，我以為你中邪了。」司徒晨曦說。

魏圓夢環顧四周，發覺塔內的架構與底層大同小異，遂沿著階梯拾級而上，女子又說：「扶桑國的小姑娘千山萬水抵達目的地，隨後在異鄉遇上了改變她一生的男子，一個手執紅焰的魔法士。男子非但引領她找到治療一族的部落，甚至不厭其煩協助她融入社群，兩人自然而然互生情愫，郎才女貌珠聯璧合。」

風和日麗，天朗氣清，女子換上唐服盤起髮髻，在四合院的亭子裡彈奏琵琶，銀杏葉般的撥子輕攏慢撚，琤瑽樂韻柔柔抒吐，恍若細膩的心聲。男子坐在旁邊凝神傾聽，細味曲中情意，一撥一抹，好比萬語千言。

魏圓夢回過神來，見司徒晨曦指著自己緊抿的嘴巴，直是哭笑不得。魏圓夢示意繼續往上走，女子續道：「由於身負印記，扶桑國的小姑娘搖身一變成為族群的魁首，本是眾望所歸，奈何人心難測。一位德高望重的魔法士認為她搶去自己的名譽及地位，深深不忿下作出瘋狂的舉動，耗盡真元淬煉出一顆逆轉魔法的石頭，石頭展轉落入另一名手執白焰的女魔法士手上，於是她品嚐到掌握生殺大權的滋味。」

一個頭戴冪羅的女子漫無目的在偏僻的村落裡轉悠，手中拿著的石塊似乎蘊含一股邪惡的脈動，死亡之火以她為軸心不斷向外輻射擴散，黑色的浪潮淹沒了所有平房和農舍，殆無孑遺抹去一切生命的痕跡，沒有絲毫憐憫，不帶任何情感。

「手執紅焰的男子主動請纓，要替治療一族解決石頭的問題，扶桑國的女子不虞有詐，欣然答應。二人更許下山盟海誓，約定花燭之期，沒揣男子懷著鬼胎一去不返，可憐小姑娘終日癡心妄想的等他兌現承諾。」

魏圓夢穿過鋪天蓋地的黑色焰火回到四合院，女子形單影隻坐在昔日的亭子裡，神情落寞顏色憔悴，她無視季節為環境帶來的轉變，任淒風苦雨卸下自己的妝容。春來秋去，一雙不識趣的蝴蝶闖入庭園翩躚旋舞，女子觸景傷情，一把綽起身邊的琵琶擲向椽柱，一聲絕響，琴毀弦斷。

「該死的！」樓梯上方傳來司徒晨曦的咒罵聲，把魏圓夢拉回現實的場景。她猜有人耐不住性子亂跑，大抵惹上了什麼麻煩，女子用尖銳的笑聲回應她的想法。

魏圓夢快步走上階梯來到一個露天的樓臺，五重塔的頂部與外觀大相逕庭，充沛的光線一時顯得十分刺眼，森森寒風侵肌透骨，環峙的雲峰至少有海拔幾千公尺，要不是看到司徒晨曦蹲在一座古老的祭壇旁邊，她以為自己又掉進另一場幻境裡。

魏圓夢正打算了解一下司徒晨曦的「輕微」懼高症，視線卻不自覺停留擺放在祭壇的器物上，一個精緻的木架承托著一把修長的日本刀，獨特的弧度充滿張力，青黑色的刀鞘樸實無華，刀鐔鏤空成海棠形狀，刀柄綁縛陳舊的卷繩。

「你究竟是什麼？」魏圓夢透過心靈發問。

「你不是心中有數嗎？」女子反問。

魏圓夢提起木架上的日本刀，她俐落的拔刀出鞘，起伏的刃紋滲出絲絲寒光。「曾經有一個魔法族群，他們用金色的焰火煅冶金屬，一輩子與鋼鐵為伍。他們偶爾在磨礪的過程中施咒，以某種形式替物件注入生命。」女子說。

魏圓夢在刀身上發現用魔法符文鐫刻的銘文。「所以你是魔法創造的意識形態，即是刀中靈魂。」

女子冷笑一聲道：「魔法可不是一言半句能解釋通透的事情，不過小妹你的說法亦相去不遠。」

「這把刀有沒有什麼名字？還是我應該直接詢問你叫什麼名字？」

女子沉默有頃，方答道：「玉碎。」

司徒晨曦倚著祭壇顫顫巍巍的站起來，他饒富興味的湊過來，暫且擱下畏懼的心魔。「老頭子說過封印之地有一把日本刀，我以為他胡拉混扯。」

魏圓夢突然感受到一股強烈的仇恨侵占自己的意識，她立定心神想像咒語的排序，手中的玉碎躍起了黑色的火苗。「你不相信我！將來定必後悔莫及！」女子歇斯底里的大叫大嚷。

「怎麼你的表情怪怪的？」司徒晨曦目不轉睛地盯著她說。

兩人相互凝視，正當斯時，一場魔法大戰撼動了封印之地，魏圓夢遙望著遠方說：「黑龍……」

「那邊情況不妙啊！我唯有大發慈悲為你們指引方向吧，這裡下去有一條快捷的路徑。」女子的態度反覆無常，愉悅的調子帶點不懷好意的味道。

魏圓夢瞥一眼蒼茫雲海，隱約看見岑嶺高陵，她想了一想把玉碎的刀鞘遞給司徒晨曦，司徒晨曦笥裡不知茆裡的接過刀鞘，魏圓夢趁機牽著他的手，然後三腳兩步跑到樓臺的邊緣一躍而下，司徒晨曦發出呼天搶地的慘叫，山鳴谷應。

＊　＊　＊　＊　＊

韓若林藉助懸浮的土墩作為踏腳石在半空急速移動，他無法辨別方向，猶如乾坤倒轉，地平線早已消失無蹤。另一邊，火龍與火鳳凰突然從一幢建築物的殘骸破牆而出，雙雙糾纏在一起形成一股藍黑色的風暴，世界陷入一片瘋狂的混亂中。

韓若林好不容易找到一塊立足的磐石，冷不防匿伏的黑龍伺機撲出，死亡之火雷轟電掣般粉碎了他們腳下的混凝土，韓若林臨危不亂，翻身一躍跳到黑龍的上方反客為主，狂暴的藍焰如同核子分裂瞬間爆發，勝負即將分曉之際，黑龍沒來由的朝外圍丟出一個黑色的火球，這個奇怪的動作完全攫取了韓若林的注意力，與此同時，飛砂揚礫的背景漸漸褪色，兩個模糊的身影驟然出現。

一團藍色的焰火後發先至，及時阻截了衝著陳夏雪和白天麟而來的火球，黑龍乘隙向分神的韓若林施予重擊，竟把他直接轟到二人的面前，遭受偷襲的韓若林嘗試逞強站起來，結果當場吐血，火龍的咒語一下子在腦海分崩離析。火鳳凰從激烈的纏鬥抽身後盤旋到他們的上空，司徒晨曦拿著玉碎的刀鞘不知在那裡鑽出來守護在同伴的身前，黑龍見狀眉頭一皺，火鳳凰立刻朝眾人俯衝而下。

魏圓夢倏忽從天而降，連人帶刀橫空劈下，玉碎化成黑色的火刃貫穿火鳳凰龐大的身軀，火鳥自上而下驀然破開，死亡之火交織的翅膀轟然隕落。

魏圓夢蹲身著地，猩紅的瞳仁殺氣騰騰，彷彿意猶未盡的樣子，她一個箭步揮刀撲向眉垂目合的白天麟，陳夏雪首先反應過來，正欲架起防禦的屏障，孰料司徒晨曦行若無事的迎上前來，魏圓夢奮然轉動手腕跟自己角力，玉碎的刀鋒從司徒晨曦的臉龐輕輕擦過，在眼角下方留下一道矚目的傷口，死亡之火圍繞著他們呈扇狀散開，復又消弭殆盡。

「好危險的魔刀呢！」司徒晨曦笑說，他替魏圓夢套上玉碎的刀鞘，並且從清澈的眸子看見自己的倒影。

「搞不好魏大小姐確實準備斬草除根。」陳夏雪一邊扶起負傷的韓若林一邊說。

「不，我感到那是全然不同的氣息。」韓若林倚著她說。

陳夏雪悶不吭聲，魏圓夢逕自把玉碎遞到白天麟的面前說：「你知道這把刀的來歷嗎？」

白天麟睜開眼睛，他一言不發注視著魏圓夢手中的玉碎，司徒晨曦忽然想起什麼打岔道：「對了，方才召喚火鳳凰的男人呢？」

「我看見他穿過一扇黑色的渡口，大概給女兒氣得七竅生煙了。」陳夏雪瞧著魏圓夢說。

「女兒？」韓若林納悶。

「黑龍是我父親，就是與你交手的男子。」魏圓夢直言不諱。

「你砍自己的老爸啊！」司徒晨曦乾吊著下巴說。魏圓夢瞟了他一眼，司徒晨曦乖乖噤口。

「我們該回去了，這裡可不是郊遊踏青的好地方。」白天麟說道，於是眾人穿過渡口離開封印之地。

尾聲

小男孩興高采烈的跑在前頭引路，一名年輕女子不疾不徐的尾隨其後，似乎是他的母親。兩人在類似校舍的地方信步而行，小男孩盡職地擔當嚮導的角色，指手畫腳的說著這邊是操場，那邊是教室等等，四周空盪盪的，寂寥冷清的氛圍有種不可言喻的怪異。

小男孩帶領母親參觀舉行週會的禮堂，刻板的講臺枯燥乏味，樸實的裝潢單調平凡，年輕女子剛好累了，力不從心，遂坐在一張摺疊椅上稍事歇息，小男孩生性懂事，安靜地待在她的旁邊默不作聲。

「沒關係，腿有點痠罷了，能否繼續告訴媽媽一些有趣的事情？」小男孩點點頭說：「因為晨曦想到一個新奇的點子，所以我們三更半夜偷偷溜進來，嘗試用摺疊椅堆砌一艘穿梭太空的海盜船，殊不知船弄好了，他偏要豎起一根桅杆掛上我們的旗幟，結果不但壓垮了船身，巨大的聲浪幾乎吵醒了所有人。」

「哎呀！兩個小皮蛋！有沒有驚動院長？」年輕女子笑道。

小男孩又點點頭說：「院長非常生氣，罰我們通宵打掃禮堂，好不容易清潔乾淨後，我們筋疲力竭的躺在講臺上聊天。」

「都是什麼話題呢？」年輕女子表現出百般耐心。

「我告訴晨曦，害怕終有一天要離開育幼院，從此找不到容身的地方。世界好遙遠，人們好冷漠，好比奢望星辰的眷顧。不過晨曦卻認為挺不錯，他說這樣一來就可以永遠流浪。」

「其實我早應該解開你身上的枷鎖，讓你自由自在飛翔。」年輕女子嘆了口氣，接著挽起小男孩的手說：「寶仁，你會不會怪媽媽？」

小男孩搖搖頭，泛起滿足的笑容堅定地回答：「我不再感到徬徨和迷茫，我已經找到自己的歸宿，遇上你們，我覺得好幸福！」

預告

林盈與江逸嵐

夜分，一個遠離煩囂與世無爭的偏遠小島上，一名高頭大馬體格壯碩的年輕男子穿過巷弄轉入商店街，寬厚的肩膀幾乎是一般人的兩倍，皮膚黝黑粗糙，平頭整臉眉目分明。男子身穿休閒的短褲及夏威夷襯衫，故意把自己打扮得輕鬆舒服，他走到一個分岔路口，其中一條是上坡的石階，由於不久之前跟兩個醉醺醺的遊客發生口角，因此女孩禁止他站在酒吧門外等候自己下班。

年輕男子猶豫了一會兒，最後無可奈何的坐在石階上，疲勞過度的痠痛從腿上蔓延，竄遊至身體的每一個角落，他想起大學時期遭室友揶揄四肢發達，戲謔輟學後至少能靠苦力維生，竟一語成讖。舖戶差不多悉數打烊了，到底以觀光旅客作為對象，加上來往小島的渡輪日暮停航，僅剩一爿售賣手工藝品和明信片的小店透出淡淡微光。年屆耄耋的老嫗及約莫七、八歲的小孫女在裡頭忙得不可開交，大概手腳不俐索的關係，遲遲沒有收拾妥當，一條患上白翳導致失明的西施犬沒精打采的趴在門外，年輕男子別過臉去，為愛莫能助而感到難過。

「等了很久嗎？」女孩緩步走下石階來到男子的身後。

「沒有，剛剛抵達而已。」男子強忍肌痺迅速站起來，女孩卻從生硬的動作察覺出端倪。「扭傷什麼地方了？」

「沒什麼大礙，倒是酒吧裡有沒有人再打你主意？毛手毛腳或者灌酒之類？」

「反正不可能喝醉，何苦與他們計較呢！」

「我不喜歡那些傢伙色瞇瞇地盯著你的樣子……」年輕男子咕噥。女孩攙著他的手臂，心裡甜絲絲的。

女孩跟男子年紀相若，二十來歲，身材嬌小玲瓏，輕妝淡抹短髮及肩，稱不上脫俗，算是姿色平庸，不過言行舉止散發著獨特的氣質，二人站在一起形成強烈的對比。

那邊廂，小店總算關了燈鎖上門，小女孩蹲下來替西施犬套上繩子，不料發現鞋帶鬆了，連忙重新繫上，西施犬不知就裡以為小主人準備就緒，急不可待用鼻頭探索夜色，失卻牽引的西施犬越走越遠，老人家步履蹣跚的追上去，一人一狗在柏油路上周旋。

「倘若我們是普通人，恐怕已經伸出援手了。」男子看著老人家的背影說。

「有時候，我還真是希望你離我而去，回到家裡繼續學業，遇上另一個女孩子，過平凡的生活。」女孩垂著頭說。

「我那裡也不會去，只會一直待在你的身邊。」男子以不容置疑的口吻陳述這個事實。

一陣急速的響號打斷了年輕男女的對話，輪胎打滑的刺耳聲緊接而來，一輛風馳電掣的小型汽車撞飛了西施犬並輾過老婦後絕塵飆去，小女孩嚇得魂飛魄散，眼愣愣呆立當場。

「我猜司機嗑藥了。」男子不加思索掏出行動電話，女孩馬上阻止他說：「你幹什麼？」

「通知醫院發生事故，總不能棄之不顧吧？」男子理所當然答道。

「我從來沒見過小女孩的父母，搞不好兩人相依為命。」男子想了一想，仍舊打算召喚救護車，女孩按著電話的螢幕說：「老人家熬不住……」

「我知道……」男子喟然而嘆，終究放下手上的電話。

年輕女子立刻跑去檢查傷者，老婦不省人事倒臥血泊之中，女子握住對方的手腕找尋生命的脈動，一團白焰在她的手裡凝聚，耀目的光芒將二人籠罩其中。另一方面，男子把手覆蓋著奄奄待斃的西施犬，毛茸茸的身軀染成血淋淋。「忍耐一下。」男子溫柔地說，掌心隨即迸發出白色的光芒。

半晌後，小女孩木然看著年輕男女離開，腦袋瓜壓根兒不懂是什麼回事，她走到老婦的旁邊，抱著冰冷的軀體放聲大哭：「婆婆！」

老人家的眼瞼微微震顫，孫女的哭喊猶如一支強心針，教她從昏迷甦醒。「好啦好啦！幹嘛呼蚩呼蚩的哭個不停？」老人家迷迷糊糊的坐起來，見小女孩身上血跡斑斑，大驚問道：「怎麼渾身是血？傷口在哪裡？」小女孩搖搖頭，哭得更是淒涼。

老婦再三確認小女孩沒有受傷，方略為寬心。此時西施犬畏畏葸葸的靠近她們，濃烈的血腥味似乎令牠局促不安。「他們治好小毬的眼睛了。」小女孩抽抽噎噎說。西施犬聽到自己的名字便興沖沖地揮動尾巴。

「誰？」老人家掐著西施犬的腋下舉起牠仔細端詳，烏溜溜的眼珠骨碌碌亮晶晶，本是混濁的結膜煥然一新。

「就是奇奇怪怪的，不怎麼與人交談的大塊頭哥哥及嬌滴滴姐姐。」小女孩止住哽咽說。

老婦想起半年前搬來小島的年輕情侶，他們刻意跟別人保持距離，彷彿背負著諱莫如深的重大祕密。「兩人剛才在這兒嗎？」老人家放下西施犬四處張望，找不著半個人影。

小女孩頷首說：「他們為你和小毬療傷，手裡會發出白色的光芒。」

老婦依稀記得自己捲入車底然後失去知覺，滿以為地府勾牌凶多吉少矣，殊不知閻王恤孤念寡讓她返回人間。「白色的光芒？手電筒嗎？」老婦藉著孫女的扶持撐起身子，既然受了人家照顧，好歹親口道謝一聲。「我們這就去找他們。」老人家說。

老婦清楚知道年輕男女的居址，畢竟她在小島上度過了大半輩子的歲月，對這裡的人和事均瞭如指掌。

一棟舊式公寓的房子裡，男女倉促整頓行裝，準備搭乘明早的第一班船離開。門鈴忽而響起，二人相視片刻，男子甫打開門縫，西施犬迅速從他的腳下竄進室內，男子欲回身阻止，西施犬已蹲踞在女子的面前咧嘴伸出舌頭，一副逢人知己的模樣。老婦攜著小孫女推門而入，看見散落的行李顰眉說：「兩位打算出遠門嗎？」

「碰巧有些突發的事情，不宜耽擱。」男子含糊其辭答道。

「原來如此。」老人家飽經世故，自然曉得這是虛應的客套話，續道：「年紀大了，經常犯糊塗，尚未請教你們貴姓呢！」

「我是江逸嵐，這位是我的未婚妻林盈。」女子禮貌的向老婦點頭示意，接著男子的話說：「我們該怎麼稱呼你老人家和小妹妹？」

「我姓周，島上的居民習慣喊我四婆，孫女的名字叫諾芯，她說你們手執救贖之火。」老婦稍作停頓觀察對方的反應，林盈與江逸嵐不自覺的交換眼色，老婦又說：「小時候，我多多少少聽過關於魔法的傳說，超過半個世紀的事情了，幾乎忘得一乾二淨，即便偶爾記起也只當成無稽之談。」

「四婆，我不明白你說什麼……」江逸嵐還沒說完，四婆做出稍安勿躁的手勢，自顧自繼續說：「其實我活到這把年紀，早已了無牽掛，就放心不下稚嫩的孫女。她父母倒走得乾脆，飛機在山頭墜落，連屍骨都沒有。」

林盈看著天真爛漫的小女孩，不期然感同身受，因為對她而言，父母等同素昧平生的陌生人。

「你們離群索居，怕是擁有不可告人的隱衷。身為局外人，當然沒資格說三道四，不過別小看我們倆婆孫，口風可是很緊的。」

「謝謝……」江逸嵐由衷感激。

「本想請兩位撥冗來舍下作客，好答謝你們救命之恩，如今還是作罷好了。」四婆比劃著凌亂的四周說：「不叨擾你們了。」

四婆正要轉身離開，西施犬跟著站起來，卻是臨別依依的樣子，林盈俯身撫摸牠的頸項，冷不防小女孩跑過來在她的臉頰上親了一下，林盈終於按捺不住壓抑的情感，噙淚將小女孩一擁入懷。

江逸嵐眼眶一熱，篤定主意問：「請問可否讓我們到府上串門子？」

「期盼兩位大駕光臨！」四婆笑逐顏開答道。

封印力量之火　藍卷（全文完）

釀奇幻26　PG2047

封印　力量之火（藍卷）

作　　者　暴走邊緣
責任編輯　鄭夏華
圖文排版　周妤靜
封面設計　蔡瑋筠

出版策劃　釀出版
製作發行　秀威資訊科技股份有限公司
114 台北市內湖區瑞光路76巷65號1樓
電話：+886-2-2796-3638　傳真：+886-2-2796-1377
服務信箱：service@showwe.com.tw
http://www.showwe.com.tw
郵政劃撥　19563868　戶名：秀威資訊科技股份有限公司
展售門市　國家書店【松江門市】
104 台北市中山區松江路209號1樓
電話：+886-2-2518-0207　傳真：+886-2-2518-0778
網路訂購　秀威網路書店：https://store.showwe.tw
國家網路書店：https://www.govbooks.com.tw
法律顧問　毛國樑　律師
總 經 銷　聯合發行股份有限公司
231新北市新店區寶橋路235巷6弄6號4F
電話：+886-2-2917-8022　傳真：+886-2-2915-6275

出版日期　2018年10月　BOD一版
定　　價　250元

Printed in Taiwan

國家圖書館出版品預行編目

封印 力量之火. 藍卷 / 暴走邊緣著. -- 一版. --
臺北市 : 釀出版, 2018.10
面 ; 公分. -- (釀奇幻 ; 26)
BOD版
ISBN 978-986-445-289-7(平裝)

857.7 107017249

請貼
郵票

11466
台北市內湖區瑞光路 76 巷 65 號 1 樓
秀威資訊科技股份有限公司 收
BOD 數位出版事業部

....

（請沿線對折寄回，謝謝！）

姓　　名：____________________ 年齡：________ 性別：□女 □男

郵遞區號：□□□□□

地　　址：____

聯絡電話：（日）____________________ （夜）____________________

E-mail：____

讀者回函卡

感謝您購買本書，為提升服務品質，請填妥以下資料，將讀者回函卡直接寄回或傳真本公司，收到您的寶貴意見後，我們會收藏記錄及檢討，謝謝！如您需要了解本公司最新出版書目、購書優惠或企劃活動，歡迎您上網查詢或下載相關資料：http:// www.showwe.com.tw

您購買的書名：________________________________

出生日期：________年________月________日

學歷：☐高中（含）以下　☐大專　☐研究所（含）以上

職業：☐製造業　☐金融業　☐資訊業　☐軍警　☐傳播業　☐自由業

☐服務業　☐公務員　☐教職　☐學生　☐家管　☐其它_____

購書地點：☐網路書店　☐實體書店　☐書展　☐郵購　☐贈閱　☐其他

您從何得知本書的消息？

☐網路書店　☐實體書店　☐網路搜尋　☐電子報　☐書訊　☐雜誌

☐傳播媒體　☐親友推薦　☐網站推薦　☐部落格　☐其他__________

您對本書的評價：（請填代號　1.非常滿意　2.滿意　3.尚可　4.再改進）

封面設計____　版面編排____　內容____　文／譯筆____　價格____

讀完書後您覺得：

☐很有收穫　☐有收穫　☐收穫不多　☐沒收穫

對我們的建議：________________________________

____

____

____